Knut Krüger

Nur mal schnell das Faultier wecken

Knut Krüger ist 1966 geboren und arbeitete nach seinem Germanistik-Studium im Buchhandel und Verlagswesen. Er ist heute freier Autor, Lektor und Übersetzer für englische und skandinavische Literatur. Knut Krüger lebt mit seiner Frau und seinen drei Kindern in München.

Verena Körting ist in Köln geboren und aufgewachsen. Sie studierte Visuelle Kommunikation an der Fachhochschule Düsseldorf, zog danach für einige Jahre nach Hamburg und arbeitete dort als Grafikdesignerin. Doch da sie viel lieber zeichnet und Geschichten erzählt, begann sie 2010, Kinderbücher zu illustrieren – und das mit großem Erfolg. Sie lebt und arbeitet in Köln.

Knut Krüger

NUR MAL SCHNELL DAS FAULTIER WECKEN

Mit Illustrationen von
Verena Körting

dtv

Von Knut Krüger sind bei dtv junior
außerdem lieferbar:
Nur mal schnell das Mammut retten
Nur mal schnell das Lama klauen
Ein Zwergmammut verschenkt man nicht
Mensch, Bär!

Ungekürzte Ausgabe
4. Auflage 2024
2020 dtv Verlagsgesellschaft mbH & Co. KG, München

Tumblingerstraße 21, 80337 München
verlag@dtv.de
Umschlagbild und -gestaltung: Verena Körting
Gesetzt aus der Sabon
Satz: Fotosatz Amann, Memmingen
Druck und Bindung: Druckerei C.H.Beck, Nördlingen
Printed in Germany · ISBN 978-3-423-71856-1

PLUTO

Es ist noch gar nicht lange her, da hatte ich einen Hund, der hieß Pluto. Das war der süßeste Hund, den man sich nur vorstellen kann. Jedes Mal, wenn ich von der Schule nach Hause gekommen bin, ist er an mir hochgesprungen und hat mir vor Freude das halbe Ohr weggeschlabbert. Aber dann ist er plötzlich immer dünner geworden, obwohl sowieso nicht viel an ihm dran war, und ist einfach gestorben – vor vier Wochen ist das gewesen, während ich beim Fußballtraining war. Als ich dann mit dem Fahrrad nach Hause kam, stand meine Mutter schon in der Tür und hat mich so komisch angeguckt. Da wusste ich gleich Bescheid.

Sie meint, Pluto ist jetzt im Hundehimmel. Natürlich weiß ich, dass es so was nicht gibt, doch irgendwie gefällt mir die Vorstellung, dass Pluto da oben auf seiner Lieblingswolke liegt, den Mond anknabbert und gegen die Sterne pinkelt. Da fällt mir ein, dass es ja auch einen Planeten gibt, der Pluto heißt, und wie ich mir so vorstelle, dass Pluto jetzt dem Pluto ganz nahe ist, höre ich, wie es unten an der Haustür klingelt.

Ich beiße sofort die Zähne zusammen und wische mir die Tränen aus den Augen. Denn zum Heulen ist jetzt keine Zeit mehr, weil …

»Finn, wo bleibst du denn?«

Weil meine Schwester mich aus der Küche ruft. Meine beiden besten Freunde Henry und Zoe sind gerade gekommen und wundern sich bestimmt, wo ich bleibe.

Ich schlucke heftig, lege mich flach auf den Bauch und angele mir die Jumbotüte Marshmallows, die ich seit gestern unter meinem Bett gebunkert habe.

»Soll ich dir tragen helfen?« Das ist Henrys Stimme.

»Komm ja schon.«

Ich drücke die Tüte gegen meinen Bauch und flitze die Treppe runter.

»Na endlich, gib her!«

Ich werfe Zoe die Tüte zu, auf der ein brennendes Lagerfeuer und ein Stock mit drei Marshmallows drauf abgebildet sind. SUPER GRILL MARSHMALLOWS steht in knubbeligen Buchstaben darunter. FÜR DRINNEN UND DRAUSSEN.

»Das sind die Richtigen«, stellt Zoe zufrieden fest und reißt gierig die Verpackung auseinander, als wäre sie ein Weihnachtsgeschenk, auf das sie sich schon lange gefreut hat.

Es gibt einen kleinen Knall.

Weiße und rosa Gummiteile fliegen durch die Gegend.

»Hoppla!«, ruft Zoe und ich denke, das ist so was von typisch für sie.

Henry ist schon auf den Knien und klaubt die Dinger vom Boden auf. Zwei davon sind in Norberts Trinknapf gelandet, doch Norbert kümmert das gar nicht. Er hebt nur kurz den Kopf und sagt das, was er immer sagt: »Jau!«

Vielleicht sollte ich an dieser Stelle erwähnen, dass Norbert kein Hund ist, sondern ein Mammut.

Und wenn jetzt irgendein Schlaumeier mit hochnäsiger Stimme einwirft, dass Mammuts doch längst ausgestorben sind, dann kann ich nur sagen, das haben wir bisher auch gedacht. Manchmal gibt es eben Dinge, die es nicht geben sollte, so wie Fußpilz oder fiese Lehrer. Die gibt es aber trotzdem, und genauso ist das eben mit unserem gemeinsamen Haustier, das angeblich aus der Steinzeit stammt.

Norbert ist ein süßes, kleines, freches, verspieltes, verschmustes, intelligentes Kreta-Zwergmammut. Darum ist es auch doppelt traurig, dass Pluto nicht mehr da ist. Wenn sich die beiden besser kennengelernt hätten, wären sie bestimmt dicke Freunde geworden.

Wie wir herausgefunden haben, dass Norbert ein Zwergmammut ist, dessen Vorfahren auf der griechischen Insel Kreta gelebt haben, das ist eine lange Geschichte. Henry hat ihn in den Faschingsferien zufällig im Wald gefunden, halb erfroren und im Tiefschlaf. Wir haben Norbert dann bei Henry zu Hause vorm Kamin aufgetaut und aufgepäppelt und mussten die ganze Zeit höllisch aufpassen, dass Henrys Oma nichts mitkriegt. Die war nämlich damals für Henry verantwortlich, weil seine Eltern im Urlaub waren.

Norbert hat sich am Anfang auch super gemacht, aber dann hat er diese komischen Anfälle gekriegt, bei denen er immer ganz kalt und starr geworden ist. Wir hatten totalen Bammel, dass er bald im Mammuthimmel landet – mich gruselt's jetzt noch, wenn ich daran zurückdenke. Und als sich Norberts Zustand nicht gebessert hat, sind wir mit ihm in die Berge gefahren, weil wir dachten, Mammuts stammen doch eigentlich aus Eis und Schnee und vielleicht kommt er da oben wieder auf die Beine, aber nix da. Der hat sich nur erkältet und ist noch schwächer geworden. Und wie wir ihn dann total verzweifelt in den Zoo zu den Elefanten gebracht haben – kleines Familientreffen sozusagen –, da ist er vom verrückten Otto entführt worden. Da haben wir endgültig geglaubt, jetzt ist zappenduster, weil über Otto, oha, da hatte man so einige Schreckgeschichten gehört, und wir dachten, bestimmt murkst er unseren armen Norbert sofort ab und macht Mammuthackfleisch aus ihm. So weit ist es dann aber nicht gekommen.

In der Zwischenzeit hatten wir nämlich im Internet rausgekriegt, dass so ein Kreta-Zwergmammut eingeht wie ein Fisch auf dem Trockenen, wenn es keine Zitronen kriegt.

Ist das nicht verrückt, ich meine, wer ahnt denn so was?

Wir also jede Menge Zitronen gekauft und nix wie hin zu Unhold Otto, um Norbert im letzten Moment dem sicheren Tod zu entreißen. Da hat sich dann herausgestellt, dass Otto gar kein Fiesling ist, sondern eine Seele von Mensch, und so konnten wir unser krankes Mammut buchstäblich in letzter Sekunde retten und wieder gesund machen.

Und das Allerbeste kommt zum Schluss: Als Norbert wieder topfit war, hat Henrys Oma seine Eltern dazu überredet, ein kleines Mammut als Haustier zu akzeptieren, obwohl sie früher nicht mal einen Hund haben wollten.

Mannomann, war echt viel los in den Faschingsferien.

Und jetzt sitzen wir also fünf Monate später zu Beginn der Sommerferien bei uns in der Küche und wollen Marshmallows grillen und Scrabble spielen – ihr wisst schon, dieses Spiel, bei dem man Buchstaben zu Wörtern zusammenlegen muss. Unsere Deutschlehrerin wäre bestimmt stolz auf uns.

FRED

»*Jau* ist kein Wort«, protestiert Zoe.

»Klar ist *Jau* ein Wort«, gibt Henry zurück, nimmt seinen Marshmallowstock und kitzelt Norbert hinter dem Ohr.

Norbert schüttelt sich. »Jau!«

»Siehste! Gibt acht Punkte.«

»Was für ein mieser Trick«, meckert Zoe mit finsterer Miene.

»Mia!«

Mein Schwesterherz tippt wie wild auf ihrem Handy rum.

»MIA!«

»Hm?«

»Ist *Jau* ein gültiges Wort?«, fragt Zoe.

»Meinetwegen«, murmelt Mia zerstreut.

»Och menno!« Zoe haut wütend auf den Tisch, sodass die Buchstaben hochspringen.

»Entschieden ist entschieden«, sage ich, drehe mich auf dem Stuhl halb herum und halte meinen Stock, auf dem zwei rosa Marshmallows stecken, über die glühend heiße Herdplatte. Ruckzuck werden die rosa Dinger braun.

Leider ist Mia als Schiedsrichterin ein Totalausfall, weil sie bis über beide Ohren verknallt ist und ihrem neuen Schwarm ständig Knutschlippen und rote Herzen und so was schickt – also, per WhatsApp natürlich.

»Dann hätte das Wort *Murks* vorhin auch zählen müssen«, beschwert sich Zoe.

»Hätte, hätte, Fahrradkette«, kommentiert Henry mit leiernder Stimme.

Zoe verwandelt sich sofort in einen Vulkan, der kurz vor dem Ausbruch steht. Jedenfalls kann ich mir genau vorstellen, wie sie als wütende Comicfigur aussehen würde: aus Nase und Ohren qualmt dunkler Rauch und in ihren Augen brodelt rote Lava.

Irgendwie ist Scrabble ein Spiel mit eingebauter Streitgarantie, denke ich, während ich zwei Butterkekse mit Nutella beschmiere und die gegrillten Marshmallows dazwischenklemme – fertig ist der Burger. Zumindest können wir stundenlang Uno, Kniffel oder Mau-Mau spielen, ohne uns in etwas zu verwandeln, das jeden Moment explodieren kann. Bei Scrabble unmöglich.

Henry steht auf, füllt Norberts leeren Trinknapf mit kaltem Wasser aus dem Hahn und gibt ein paar Zitronenscheiben dazu. Unser Mammut schlingt zuerst die Zitronenscheiben runter, lässt dann seinen Rüssel ins Wasser gleiten, trinkt einen Schluck, indem es sich den Rüssel ins Maul steckt, und spritzt den Rest Wasser zurück in den Napf. »Jau!«

»Boah, ist das heiß hier!«, stöhnt Zoe, stapft zum Küchenfenster und reißt es sperrangelweit auf. Wir können nämlich auch stundenlang Marshmallows grillen, obwohl es draußen seit drei Tagen so dampfig und schwül ist wie in einem Dschungel.

Zoe schiebt drei Marshmallows auf ihren Stock und grummelt mit zusammengebissenen Zähnen: »Finn ist dran.«

Ich mustere das Spielbrett. Vor dem Wort Bär sind mehrere Felder frei, eines davon mit dreifachem Buchstabenwert. Nach kurzem Grübeln kommt mir eine geniale Idee: Ich nehme ein F von meinem Ablagebänkchen, dann ein R, gefolgt von einem E …

»Fressbär?«, ruft Zoe entgeistert.

»Ein Bär, der frisst«, erkläre ich bereitwillig.

»So wie Trinkmammut«, fügt Henry hinzu und zeigt auf Norbert, der einen weiteren Schluck Zitronenwasser schlürft.

»Mia, bitte!«, ruft Zoe genervt. »Sag den beiden Hirnis, dass es Eisbären oder Braunbären, aber keine Fressbären …«

Den Rest des Satzes verstehe ich nicht, weil von draußen ein lautes Knacken zu hören ist. Irgendwas raschelt im Baum, der vor dem Fenster steht. Die grünen Blätter geraten in Bewegung.

Im nächsten Moment schwingt sich ein affenähnliches Wesen zu uns in die Küche. Es fährt in Seelenruhe seinen langen Arm aus, hält sich an einer Ecke des Hängeschranks fest und baumelt ein paar Sekunden später an der Lampe über unseren Köpfen.

Ich bin so verdattert, dass mir mein halber Marshmallow-Burger aus dem Mund quillt. Mia guckt endlich von ihrem Handy hoch, ihre Augen so groß wie Zitronenscheiben. Henry sieht aus, als hätte er das ganze Nutellaglas verschluckt. Zoe lacht kurz auf, aber es klingt wie ein Schluckauf. Nur Norbert ist die Ruhe selbst und betrachtet sein Spiegelbild auf der Wasseroberfläche des Trinknapfs.

»Was … was ist das?«, stottert Zoe.

»Vielleicht ein Fressbär …«, murmelt Mia in sich hinein.

Irgendwo hab ich so ein Tier schon mal gesehen, und dass wir nicht in Panik ausbrechen, liegt wahrscheinlich daran, dass es so harmlos, ja lustig aussieht – ein zotteliger Clown mit langen ungekämmten Haaren. Sein Gesicht ist klein und rund mit einer niedlichen Stupsnase mittendrin. Die glänzenden Knopfaugen sind schwarz umrandet, als hätte es sich geschminkt. Zwei dunkle Streifen ziehen sich von den Augen zur Seite, als wäre die Schminke dort verlaufen. Der Mund lächelt von einem winzigen Ohr zum anderen.

Allerdings wird mir doch ein bisschen mulmig zumute, als ich die gebogenen Krallen an Händen und Füßen entdecke, mit denen es sich an der Lampe festklammert. Den Kopf hat es weit in den Nacken gelegt und grinst zu uns runter.

»Ich glaube, ihr solltet mal lieber …«, Henry steht auf, schiebt langsam seinen Stuhl zurück und kniet sich neben Norbert, »… eure Eltern anrufen.«

Mia nickt und fängt an zu tippen, während ihr Blick ängstlich zwischen dem haarigen Wesen und ihrem Display hin- und herflitzt.

Das grinsende Tier hat inzwischen festgestellt, dass man an so einer Lampe wahnsinnig gut schaukeln kann. Wie ein Kind auf dem Spielplatz schwingt es hin und her und schließt dabei genüsslich die Augen.

Mir kommt ein verwegener Plan: »Hört mal zu«, flüstere ich. »Wenn es bis zum Fenster schaukelt, dann können wir's vielleicht rausschubsen und schnell das Fenster zuknallen.«

Zoe schüttelt den Kopf und knabbert an ihren Haaren. »Viel zu gefährlich.«

Weiße Brösel rieseln auf das Spielbrett. Ich gucke nach oben. Der Haken, an dem die Lampe befestigt ist, löst sich knirschend aus der Zimmerdecke.

Auch das noch.

Wir springen hektisch auf und drücken uns an die Wand. Jeder von uns weiß, was gleich passieren wird – nur das fröhlich schaukelnde Tier nicht.

Als es im nächsten Augenblick zusammen mit der Lampe durch die Küche segelt, schreien wir wie in der Geisterbahn. Und natürlich tun uns Tier und Lampe nicht den Gefallen, gemeinsam aus dem Fenster zu fliegen. Das haarige Wesen lässt im Flug die Lampe los, die gegen den Kühlschrank kracht, und landet – oh nein! – mit beiden Beinen auf der heißen Herdplatte. Ich beiße mir vor Schreck auf die Zunge. Das Tier stößt ein gequältes Quieken aus, hopst panisch auf den Küchentisch und fegt die Spielsteine zur Seite. Auch die Reste meines Marshmallow-Burgers klatschen auf den Boden. Mit schmerzverzerrtem Gesicht hüpft das Tier quer durch die Küche, aber das Seltsame daran ist, dass es sich dabei total langsam bewegt, wie in Zeitlupe. Von meiner Stuhllehne macht es schließlich einen Riesensatz auf die Arbeitsplatte, prallt von der Wand ab und landet mit den Füßen voraus in der Spüle, in der sich kaltes Abwaschwasser befindet. Ein erleichtertes Lächeln huscht über sein Clownsgesicht.

Ich bin total durchgeschwitzt und spüre mein Herz in der Kehle schlagen. Doch während ich fieberhaft überlege, was wir jetzt tun sollen, trottet Norbert gemächlich zur Spüle, stellt sich auf die Hinterbeine und guckt das rätselhafte Tier interessiert an. »Jau.«

Das Tier guckt genauso interessiert zurück, spitzt den Mund und stößt einen seltsamen Ton aus. Er klingt wie ein lang gezogenes Pfeifen.

Allmählich entspannt sich die Lage. Was auch immer passiert, Norbert wird uns beschützen, denke ich. Wir setzen uns wieder auf unsere Stühle, obwohl das haarige Wesen immer noch im Seifenwasser der Spüle steht.

»Ich weiß, was das für ein Tier ist«, sagt Mia plötzlich.

»Und es hat sogar seinen Namen gelegt«, fügt Zoe kichernd hinzu.

»Hä?«

Alle Köpfe drehen sich in Zoes Richtung.

»Guckt euch das mal an.«

Sie zeigt auf das Spielbrett, auf dem nur noch vier Spielsteine vorhanden sind. Die ersten drei Buchstaben meines Fressbären sind liegen geblieben und ein paar Zentimeter weiter ein einzelnes D.

FRED.

GEHT DAS JETZT IMMER SO WEITER?

In der Schule lernt man viele unnütze Sachen über Tiere. Zum Beispiel, wie viele Zähne ein Eichhörnchen hat. Oder dass es in Österreich 54 Arten von Regenwürmern gibt, in Deutschland aber nur 46. Ich meine, wer will denn so was wissen? Aber wie man ein Faultier aus der Küchenspüle rauskriegt, ohne sich an seinen Krallen wehzutun, das lernt man natürlich nicht. Mia ist sich zu hundert Prozent sicher, dass es ein Faultier ist. Und ich bin mir noch sicherer, dass sie recht hat. Denn erstens ist Mia schon siebzehn und sollte sich ein klein bisschen mit Tieren auskennen. Und zweitens hab ich neulich im Kino einen Film mit Faultieren gesehen. Die waren zwar gezeichnet und nicht echt, sahen aber genauso aus wie Fred und waren auch genauso langsam.

Was so ein Tier ausgerechnet in unserer Küche zu suchen hat, ist natürlich eine andere Frage.

Norbert steht immer noch auf seinen Hinterbeinen und glotzt Fred an. Und Fred badet seine Füße weiterhin im Abwaschwasser und glotzt Norbert an. Als würden die beiden ein Spiel spielen – wer zuerst blinzelt, hat verloren. Aber Norbert, der blinzelt nicht, da kann Fred lange drauf warten. Norbert ist sozusagen Weltmeister im Gucken und Nichtstun. Der schaut dich mit seinen gemütlichen braunen Kulleraugen an, ohne eine Miene zu verziehen, und wenn du dich gerade fragst, was bloß in seinem dicken Mammutschädel vor sich geht, dann klatscht er dir eine mit dem Rüssel oder macht irgendeinen anderen Blödsinn.

Wir drängen uns alle hinter Norberts breitem

Rücken zusammen, sicher ist sicher. Könnte ja sein, dass dieses Dauerlächeln nur Tarnung ist und dir so ein Tier plötzlich mit breitem Grinsen die Nase abbeißt.

Zoe wickelt sich eine blonde Locke um ihren Zeigefinger und schiebt sich die Spitzen zwischen die Lippen.

Knabber, knacks, knabber, knacks.

»Meint ihr, es lässt sich anfassen?«, fragt sie mit den Haaren in Mund.

»Glaub schon«, murmelt Henry. Aber seine Stimme klingt so, als würde er das mit dem Anfassen lieber uns überlassen.

»Hast du Mama und Papa geschrieben?«, will ich von Mia wissen.

Sie schüttelt ganz leicht den Kopf. Es ist nur eine winzige Bewegung. Das macht sie immer, wenn sie mit ihren Gedanken woanders ist. Es kann also *Nein* oder *Nicht jetzt* oder *Halt die Klappe* bedeuten.

Eine Weile stehen wir unschlüssig da und warten darauf, dass von selbst was passiert. Aber von selbst passiert nichts. Nur Mias Handy macht dreimal nacheinander *pling*.

Schließlich wird Norbert die Warterei zu blöde.

Er schiebt seinen Rüssel über die Kante der Spüle. Seine Nasenlöcher, die aussehen wie eine Steckdose, plustern sich auf und fangen an zu zucken.

Bestimmt müssen sich Tiere, die sich noch nie gesehen haben, erst mal beschnuppern, denke ich. Doch statt zu schnuppern, greift dieses Faultier mit einer Hand um Norberts Rüssel und zieht sich wie in Zeitlupe nach vorne. Ein kleiner nasser Fuß patscht auf den schmalen Streifen vor dem Spülbecken. Und erst jetzt kapiere ich, warum Norbert ihm seinen Rüssel entgegengestreckt hat. Er hat Fred eine Brücke gebaut.

Ich bin total baff, wie er da nur draufgekommen ist. Norbert überrascht uns wirklich immer wieder.

Fred hat inzwischen einen Faultierzahn zugelegt und die Rüsselbrücke erklommen. Dann klettert er über einen Stoßzahn und das rechte Schlappohr hinweg auf Norberts Rücken und macht es sich dort gemütlich. Das heißt, er klammert sich fest wie ein kleiner Koalabär und sieht total zufrieden aus, als wäre Norbert seine Mama, ach was, sein Papa, den er nach langer Suche endlich wiedergefunden hat.

Norbert ist nun auf allen vieren und trabt im

Chaos der Küche ein bisschen hin und her. Die Reste meines Marshmallow-Burgers stampft er zu Brei, aber egal. Den hätte ich sowieso nicht mehr gegessen. Fred schaukelt auf seinem Rücken und pfeift leise vor sich hin.

Eigentlich kann ich mir nicht vorstellen, dass von diesem Eindringling irgendeine Gefahr ausgeht. Nur vor den spitzen Krallen, da sollte man sich echt in Acht nehmen. Die sehen aus wie gebogene Kuchengabeln mit jeweils drei Zinken, obwohl sie bestimmt nicht zum Kuchenessen da sind. Aber wozu dann?

Zoe krault Norbert den Hals und lässt ihre Hand wie nebenbei über Freds haarigen Arm gleiten. Und Fred scheint die Berührung zu gefallen, denn als Zoes Hand seinen Arm streift, schnurrt er wie eine Katze und drückt kurz die Augen zu.

»Mich wundert echt gar nichts mehr«, sage ich kopfschüttelnd.

Was man eben so sagt, wenn man sich total wundert.

»Da buddeln wir erst ein halb erfrorenes Mammut im Wald aus und dann will man nur ein bisschen frische Luft reinlassen und, schwuppdiwupp, hockt hier ein Faultier in der Spüle.«

»Und reißt eure Küchenlampe runter«, ergänzt Henry.

»Ähm, na ja …« Ich werfe einen missmutigen Blick auf den zerknautschten Lampenschirm und die zersplitterte Glühbirne, die vor der Kühlschranktür liegen. »Ich frag mich nur, ob das jetzt immer so weitergeht.«

»Womit?«

»Na, mit diesen Tierbesuchen. Wahrscheinlich latscht hier bald noch ein Einhorn zur Tür rein.«

»Einhörner gibt's nur aber nur im Märchen«, sagt Henry mit Besserwisserstimme.

»Ha! Und Mammuts nur in der Steinzeit, oder wie?«

Henry guckt zu Norbert rüber und zuckt die Schultern. »Leben Faultiere nicht eigentlich, äh … irgendwo im Urwald?«

»Mia«, rufe ich, »wo leben Faultiere?«

Keine Reaktion.

»Mia?« Aber meine Schwester ist verschwunden, einfach so, ohne ein Wort zu sagen.

»Ich glaube, die leben eigentlich in Südamerika«, fährt Zoe nachdenklich fort.

»Und wie ist Fred dann hierhergekommen?«, frage ich.

»Keine Ahnung.« Zoe zieht sich ein ganzes Haarbüschel vor den Mund und streicht sich damit über die Lippen. »Ich kann mir aber nicht vorstellen …«, *knabber*, *knister*, »dass Fred zufällig hier ist.«

Ich kann mir nicht vorstellen, dass das gut für die Haare ist, denke ich.

»Das könnte doch irgendwas mit Norbert zu tun haben«, fährt sie fort, »ich meine, die beiden sehen sich irgendwie …«, *knister*, »ziemlich ähnlich, findet ihr nicht?« *Knacks*.

»Ich sehe hier aber keine Stoßzähne«, widerspricht Henry. »Und nicht mal den Ansatz zu einem Rüssel.« Er schiebt sein Gesicht näher an das kleine Faultiergesicht heran und tut so, als würde er darin wirklich nach Rüssel und Stoßzähnen suchen.

»Aber guckt euch doch mal das Fell an.« Zoe hebt mit der einen Hand ein paar Mammutzotteln und mit der anderen ein paar Faultierzotteln hoch.

Meine Augen flitzen zwischen den beiden Fellbüscheln hin und her. Und tatsächlich – wenn man Fred und Norbert mal zusammen anguckt, dann sieht es fast so aus, als hätten die beiden ein gemeinsames Fell. Die Faultierhaare sind nur ein bisschen dünner und struppiger als Norberts Zotteln. Außerdem schimmern sie graubraun, während Norberts braune Haare einen rötlichen Stich haben. Und während ich darüber nachdenke, wie das denn sein kann, macht's plötzlich klick: »Vielleicht sind die beiden ja irgendwie *verwandt*?«

»Wie … verwandt?« Henry macht ein skeptisches Gesicht. »Meinst du, das ist Norberts Bruder oder Cousin, der mal eben zu Besuch gekommen ist?«

»Nein, nein, doch nicht *so* …«

»Oder dass es ein Kreta-Zwergfaultier ist?«

»Quatsch, Kreta-Zwergfaultier.« Irgendwie habe ich das Gefühl, Henry nimmt mich nicht richtig ernst. »Vielleicht gibt es ja irgendeine besondere Verbindung zwischen den beiden Tieren.«

Knabber, knister, knacks. Zoes Nachdenkgeräusch.

»Das würde auch erklären«, sagt sie langsam, »warum sich die beiden auf Anhieb so gut verstehen und sofort Freundschaft schließen.«

»Pah, Freundschaft.« Henry winkt ab. »Ihr wisst doch selber, wie hilfsbereit Norbert ist. Der trägt dieses andere Tier …«

»Fred. Das andere Tier heißt Fred«, unterbricht

ihn Zoe wie eine strenge Lehrerin und streicht Fred mit zwei Fingern über die Nase.

Ich frag mich echt, woher sie den Mut nimmt, Fred im Gesicht rumzutatschen. Also, wenn der mal seine Krallen ausfährt, wird's bestimmt ungemütlich. Kennt man doch von schlecht gelaunten Katzen.

»Er trägt *Fred* eben ein bisschen herum«, beendet Henry seinen Satz. »Aus reiner Gutmütigkeit. Mit Freundschaft hat das nichts ... Zoe, pass auf!«

Aber Zoe ist schon auf Tuchfühlung gegangen und hat das runde Faultiergesicht in beide Hände genommen. »Ja, du süßer kleiner Fratz«, säuselt sie mit Schmusestimme. »Du süßer kleiner Fred.« Sie spitzt den Mund, als wolle sie ihm einen Schmatzer auf die feuchte Nase drücken. Dann packt sie beide Ohren und rubbelt sie hin und her. »Na, gefällt dir das? Ja, das gefällt dir!«

Oh Mann, Zoe, das muss doch jetzt nicht ...

»Ja, dutzi, dutzi, du«, brabbelt sie, als wäre Fred ein Schnullerbaby.

Fred kneift genüsslich die Augen zu und stößt ein abgehacktes Glucksen aus. Es klingt fast wie ein Lachen.

Henry und ich schauen uns sprachlos an, ehe

auch wir zu lachen anfangen. Anscheinend gibt es nicht nur eine geheime Verbindung zwischen Mammut und Faultier, sondern auch zwischen Zoe und diesen beiden Tieren. Und das Gute daran ist, dass wir gerade dabei sind, jede Angst vor diesem fremden Tier in unserer Küche zu verlieren.

Bei Norbert war das nämlich ganz genauso. Der hat am Anfang auch gemacht, was er wollte, ist uns auf der Nase rumgetanzt, hat Henrys Hausschuhe gefressen und mir seine Stoßzähne in den Bauch gerammt. War reines Glück, dass diese Dinger ein bisschen nach oben gebogen sind, sonst hätte er mich glatt aufgespießt. Aber dann hat Zoe mit ihm dutzi, dutzi gemacht und ihn wie ein Baby behandelt und ihn dadurch gezähmt. Ich wette, sie könnte später auch als Löwenbändigerin im Zirkus auftreten.

Im Türrahmen macht es *pling*. Mia ist wieder da und trägt plötzlich ein ganz kurzes Sommerkleid und ich ahne auch schon, warum.

»Ach, ist der süß!«, ruft sie aus und ich denke natürlich, jetzt hat auch *sie* sich in Fred verguckt, aber nix da. Ihr Liebster hat ihr wahrscheinlich gerade ewige Treue geschworen oder so was. Mia hat ganz feuchte Augen, schüttelt beim Lesen der Nachricht ungläubig den Kopf und sieht aus, als wolle sie ihr Handy abbusseln.

Von Zoes Schmuseattacke hat sie gar nichts mitgekriegt.

Okay, Fred scheint also ziemlich gutmütig zu sein. Sogar *extrem* gutmütig. Ich meine, ich bin auch gutmütig, aber wenn mich Zoe einmal *so* an den Ohren packen würde, ich glaub echt, ich würde ihr eine pfeffern, Mädchen hin, Mädchen her.

Zoe fasst Fred unter den Achseln, aber diesmal ganz sanft, und hebt ihn von Norberts Rücken runter. Fred piepst wie eine Maus, lässt aber alles mit sich geschehen. Vorsichtig setzt sie ihn auf dem Fußboden ab, wo er sich gleich platt auf den Bauch legt und neugierig hin und her guckt. Und wir natürlich sofort um ihn rum, als wäre er das Jesuskind in der Weihnachtskrippe und wir seine ergriffenen Bewunderer.

»Hach, wie niedlich.«

»Und wie er lächelt.«

»Und wie er pfeift.«

»Was für lustige Streifen er an den Augen hat.«

»Und das dicke Bäuchlein.«

»Stimmt, er könnte echt ein bisschen abnehmen.«

»Jetzt sei nicht gemein zu ihm.«

»Der lächelt aber auch immer.«

»Delfine lächeln auch immer.«

»Bei denen sieht das nur so aus, aber Fred lächelt wirklich.«

»Lauf doch mal ein bisschen, Fred.«

»Lass ihn doch.«

»Ja, dutzi, dutzi, duuuu.«

Norbert kehrt uns den Rücken zu, taucht seinen Rüssel in den Trinknapf und leert ihn mit extralautem Schlürfen. Vielleicht will er auf sich aufmerksam machen. Er wird doch wohl nicht eifersüchtig sein?

Fred kriecht im Schneckentempo über den Boden, was total lustig aussieht. Wenn er den linken Arm nach vorne streckt, schiebt er das rechte Bein hinterher, und wenn der rechte Arm vorne ist, folgt das linke Bein – als würde er kraulen, natürlich ohne Wasser, und gleichzeitig mit dem Hintern wackeln.

Wir kriechen vor ihm her und räumen ihm den Weg frei. Wo will er nur hin?

Als er fast die Türschwelle zum Flur erreicht hat,

hält er an und hebt den Kopf. Ganz ruhig wandern seine Augen von mir zu Henry, dann weiter zu Zoe und wieder zurück. Zum ersten Mal scheint er uns bewusst anzusehen. Seine kleinen Knopfaugen haben einen sanften und freundlichen Ausdruck, aber da ist noch etwas anderes – sie sehen irgendwie klug, ja verschmitzt aus, als wüsste er etwas, was wir nicht wissen.

Dann setzt er sich langsam wieder in Bewegung und schiebt seinen rundlichen Körper direkt auf mich zu. Wir haben die ganze Zeit Blickkontakt, bis er bei mir ankommt und seine rechte Hand mit den drei Krallen auf meinen nackten Fuß setzt – tut komischerweise gar nicht weh.

Ich gehe in die Hocke und beuge mich ihm leicht entgegen. Fred zieht sich an meinem Bein hoch, rutscht auf meinem Oberschenkel ein Stück nach vorne und schlingt im nächsten Moment seine Arme und Beine um mich herum. Die Krallen schließen sich so eng um meine Hüften und meinen Rücken, dass ich sie gar nicht spüre. Sein kleiner runder Bauch drückt sich an meinen Bauch. Ich wage kaum zu atmen, halte ihn gut fest und richte mich langsam wieder auf.

Fred hat sein Gesicht zur Seite gedreht, doch

sein Kopf liegt an meiner Brust. Ganz leicht berühre ich seine struppigen Nackenhaare und zum ersten Mal, seit Pluto tot ist, strömt wieder dieses warme Gefühl durch mich hindurch, das ich auch immer gespürt habe, wenn Pluto mein Ohr abgeschleckt und an meinem Hals geschnuffelt hat.

Draußen trötet eine Autohupe. *Tut-tuuut*. Bestimmt Marcel, also Mias Freund, mit seinem schicken Cabrio.

Fred stößt zwei Pfiffe aus, einmal kurz, einmal lang, als würde er das Geräusch der Autohupe nachmachen.

Vor dem Spiegel im Flur macht Mia einen Knutschmund und zieht ihren Lippenstift nach. Roter Mund, grünes Kleid, sieht aus wie eine Verkehrsampel.

»Vergesst nicht aufzuräumen!«, ruft sie ihrem Spiegelbild zu, aber natürlich sind *wir* gemeint. »Und bringt dieses Tier zurück in den Garten!«

»Wolltest du nicht heute Abend da sein?«, frage ich mit gedämpfter Stimme, um Fred nicht zu erschrecken.

»Kurzfristige Planänderung!«

»Und was soll ich nachher essen?«

»Im Tiefkühlfach ist noch 'ne Pizza ... glaub ich jedenfalls.«

»Wann kommst du denn wieder?«

»Keine Ahnung. Morgen, übermorgen, nächstes Jahr!«, ruft sie übermütig. *Rums* macht die Haustür und weg ist sie.

Na toll. Eigentlich hatte Mia ja versprochen, bei mir zu bleiben und uns nachher was zu essen zu machen. Mama und Papa kommen nämlich heute erst sehr spät nach Hause, weil sie nach der Arbeit noch ins Kino gehen.

Die hat echt verdammt Glück, so einen netten kleinen Bruder zu haben, denke ich. Mia weiß, dass ich sie nicht verpfeife. Sie kennt aber auch meine Forderungen: Süßes oder Bares.

Wäre ich jetzt allein, würde ich übrigens sofort zum Fenster rennen und mir die stürmische Begrüßungsszene der frisch Verknallten nicht entgehen lassen.

Aber erstens bin ich nicht allein und zweitens könnte ich sowieso nicht gut rennen, weil sich ein lächelndes Faultier an meinen Bauch schmiegt.

»Oh nein, schon so spät!«, ruft Henry plötzlich.

Er schaut ganz wichtig zur Küchenuhr rüber.

»Zu uns kommen gleich ganz viele Leute zu Besuch. Wie konnte ich das nur vergessen?« Er klatscht sich an die Stirn. »Komm, Norbert, die freuen sich schon auf dich.« Henry legt Norbert sein Halsband an. »Vielleicht ist ja auch jemand von der Presse dabei.«

Seit Norbert bei Henrys Familie eingezogen ist, veranstalten sie manchmal Besichtigungstermine für neugierige Leute, die sich so ein Mammut mal aus nächster Nähe angucken wollen. Sogar ein Fernsehteam war schon da und hat einen Film gedreht, der im Vorabendprogramm gezeigt wurde. Von *wissenschaftlicher Sensation* war die Rede und Henrys Eltern saßen zusammen auf dem Sofa, haben was von Verantwortung und artgerechter Haltung erzählt und dass sie immer nur Bio-Zitronen im Naturkostladen kaufen, damit sich Norbert auch ja gut entwickelt. Henry war stolz wie Oskar und musste noch mal die Stelle im Wald zeigen, wo er das Mammut gefunden hat.

Nicht, dass jemand glaubt, ich wäre eifersüchtig oder so was. Ich gönne Henry seine Berühmtheit und Norbert sowieso, der hat sie jedenfalls verdient, aber dass Henry Zoe und mich mit keinem Wort erwähnt hat, das hat mich echt sauer gemacht. So was von egoistisch. Als hätte er ganz allein die Heldentat vollbracht, ein tiefgefrorenes Mammut auszubuddeln und aufzutauen, um es der Menschheit hinterher als achtes Weltwunder zu präsentieren.

Dabei haben wir Norbert *alle zusammen* zu Henry nach Hause gekarrt und uns *alle zusammen* um ihn gekümmert, die ganze Woche lang, das war echte Teamarbeit. *Zu dritt* sind wird mit ihm in die Berge gefahren und *zu dritt* haben wir ihn befreit, nachdem Otto ihn entführt hatte. Das Einzige, was wir nicht zu dritt gemacht haben, war die Erziehungsarbeit. Darum hat sich vor allem Zoe gekümmert, weil sie eben am besten mit Tieren umgehen kann. Sieht man ja jetzt wieder.

Außerdem hatten wir vereinbart, dass Norbert unser *gemeinsames* Haustier ist, obwohl er bei den Kleinschmidts, also bei Henrys Familie wohnt. Aber irgendwie ist davon keine Rede mehr und das finde ich nicht nur gemein von Henry, sondern echt undankbar.

»Wer kommt denn heute?«, fragt Zoe interessiert, während Henry schon ungeduldig an Norberts Halsband ruckelt.

»Och, nur so ein Reisebus aus Amerika – *AUTSCH!*«

Henry fasst sich an die Nase und wirft Fred einen bösen Blick zu. »Habt ihr das gesehen? Er hat mich gekniffen!«

Doch Fred tut so, als wäre nichts gewesen, und lächelt Henry mit Unschuldsmiene an.

»Du, du, du!« Zoes Zeigefinger wedelt mit gespielter Strenge vor Freds Gesicht herum. »Nicht den Henry in die Nase zwicken.«

Freds Mundwinkel wandern noch weiter nach oben. Dann spitzt er den Mund und lässt ein lang gezogenes Pfeifen hören.

Im Gegensatz zur Mammutsprache kennen wir uns mit Faultierlauten nicht so aus, doch irgendwie habe ich das Gefühl, dass dieses Pfeifen nicht *Entschuldigung*, sondern *Siehst du wohl* heißen soll.

DIE AUSREDE

Ich liege in meinem Bett und kann nicht einschlafen. In meinem Zimmer ist es so warm wie in einem Backofen, aber ich traue mich nicht, das Fenster ganz aufzumachen. Denn direkt über dem Fenster, da hängt Fred an der Vorhangstange, und wenn der plötzlich auf die Idee käme, aus dem Fenster zu springen, dann würde er mehrere Meter nach unten direkt auf die Straße plumpsen. Und dass ein Faultier so was aushält, das kann ich mir echt nicht vorstellen. Muss ja nicht mal Absicht dahinterstecken, vielleicht gibt es unter Faultieren auch Schlafwandler.

Als meine Mutter vorhin zu mir ins Zimmer gelugt hat, habe ich mich einfach schlafend gestellt. Und sie ist darauf reingefallen – so wie immer. Von Fred hat sie anscheinend auch nichts mitgekriegt. *Puh.* So hab ich jedenfalls bis morgen früh Zeit, mir zu überlegen, wie ich das mit der kaputten Küchenlampe und dem Faultier in meinem Zimmer erklären soll. Das heißt, eigentlich hängt das ja beides zusammen, also brauche ich nur eine einzige Erklärung, was die Sache schon mal vereinfacht.

Außerdem – so mache ich mir Mut – sind meine Eltern beide sehr tierlieb, sonst hätten wir ja auch Pluto nicht gehabt und Lulu vorher auch nicht. Lulu war ein süßes Angorameerschweinchen aus der Tierhandlung mit megaflauschigem Fell. Das hatten wir vor zwei Jahren im Garten auf den Rasen gesetzt, natürlich mit dem Käfig drumrum, damit Lulu nicht wegläuft. Damals war der Sommer fast so heiß wie jetzt und wir hatten extra noch dran gedacht, dass Lulu im Schatten ist. Eines hatten wir allerdings nicht bedacht, nämlich dass sich das mit dem Schatten im Laufe des Tages ändert, und als wir am Nachmittag wieder nach ihr geguckt haben, da lag sie in der prallen Sonne auf dem Rücken, die Beinchen von sich gestreckt und den Mund so weit offen, dass man alle ihre Zähne sehen konnte. »Herzkasper«, meinte mein Vater, was sich lustig anhört. Ist aber nur ein anderes Wort für Herzinfarkt.

* * *

Irgendwann muss ich doch eingeschlafen sein, denn als ich die Augen aufschlage, hat sich schon ein bisschen Morgenlicht rechts und links an meinem Vorhang vorbeigemogelt. Ein paar schläfrige Sekunden lang blinzele ich probehalber, um zu sehen, ob ich schon richtig wach bin. Okay, ein weiterer Ferientag, denke ich träge, wollen wir mal gucken, was der so bringt – doch plötzlich durchzuckt mich eine Erinnerung, es ist wie ein kleiner Stromschlag und im nächsten Moment bin ich hellwach.

Ich drehe ruckartig den Kopf und spähe in Richtung Zimmerdecke. Wahnsinn, da hängt tatsächlich ein Faultier an der Vorhangstange. Ist also doch kein Traum gewesen. Ein bisschen hin- und hergerissen bin ich schon, ob ein geträumtes Faultier nicht besser wäre als ein echtes. Doch als ich Freds lächelndes Gesicht sehe, breitet sich wieder dieses schöne Gefühl in mir aus – als würde eine wohlig warme Flüssigkeit in meinem Bauch hin und her schwappen.

Fred hängt immer noch genauso da wie gestern Abend. Seine Arme und Beine hat er lässig um die Vorhangstange geschlungen und den Kopf weit in den Nacken gelegt. Seine Augen sind geschlossen. Er gibt keinen Pieps von sich. Hat er etwa die ganze Nacht so geschlafen? Ohne runterzufallen? Das gibt's doch gar nicht.

»Fred?«, rufe ich leise. »Schläfst du?«

Keine Reaktion.

Mein Blick wandert zum Radiowecker. 08.17 Uhr. Ich schwinge die Beine aus dem Bett, tapse auf Zehenspitzen zur Tür und ziehe sie einen Minispalt auf. Von unten aus der Küche höre ich Stimmen und Geschirrklappern. Bestimmt sind meine Eltern schon am Frühstücken, aber so angestrengt ich auch lausche, ich kann nicht verstehen, worüber sie reden. Ihre Stimmen klingen zum Glück ganz entspannt, dabei müssten sie inzwischen doch bemerkt haben, dass über dem Küchentisch keine Lampe mehr hängt. Die Scherben der Glühbirne habe ich gestern noch in den Mülleimer befördert und den kaputten Lampenschirm auf die Fensterbank gelegt. Aber da lag schon so viel anderes Zeug, dass der gelbe Schirm mit dem Kabel dran gar nicht weiter auffiel.

Also, wenn ich jetzt nicht runtergehe, überlege ich, wird es nicht mehr lange dauern, bis einer von ihnen zu mir nach oben kommt. Aber ich will auf keinen Fall, dass sie hier nichts ahnend reinplatzen und den Schreck ihres Lebens kriegen. Schon gar nicht Mama, denn wenn die sich erschrickt, dann quiekt sie wie ein kleines Ferkel und bei diesem Quieken würde Fred bestimmt vor Schreck von der Stange fallen, sich vielleicht sogar verletzen und das Chaos wäre perfekt.

Ich stehe mitten im Zimmer und schüttele nachdenklich den Kopf. Das wäre überhaupt kein guter Start, um sie mit Fred bekannt zu machen und alles zu erklären. Nee, da ist es schon besser, ich nehme Fred mit mir runter in die Küche. Wenn meine Eltern sehen, wie er sich an mir festklammert und wie lieb er ist, werden sie bestimmt nichts dagegen haben, dass er ein bisschen bei mir bleibt.

Ich laufe rasch zum Fenster. »Fred«, rufe ich leise zu ihm nach oben, »mach doch mal die Augen auf.«

Aber Fred denkt gar nicht daran und scheint immer noch im Tiefschlaf zu sein.

Ich ziehe den Vorhang ein Stück zur Seite, um mehr Licht reinzulassen, aber auch das weckt ihn nicht auf.

Dann stelle ich meinen Schreibtischstuhl direkt unter ihn, steige auf die blaue Sitzfläche und klopfe ihm sanft auf seinen Bauch. »Wach auf, Fred!«

Null Komma null Reaktion. Was für eine unglaubliche Schlafmütze.

Ich klopfe ein bisschen fester, wodurch sein stämmiger Körper zu schaukeln anfängt. Und tatsächlich klappt er ein Auge auf und grinst zu mir herunter.

»Fred, wir müssen runter zu meinen Eltern«, erkläre ich und komme mir ein bisschen komisch vor, ganz normal mit ihm zu reden, als wäre er ein Kind, das mich verstehen kann.

Die Krallen einer Hand lösen sich nacheinander von der Stange, während mich das geöffnete Auge weiterhin anlächelt. Sein haariger Handrücken streicht mir langsam über die Wange, ehe der ganze

Arm wieder nach oben wandert und das Auge zuklappt.

»Jetzt schlaf bitte nicht wieder ein«, flehe ich, aber es ist zwecklos. Da könnte ich genauso gut mit meinem Kleiderschrank reden. Ich beiße mir auf die Lippen und spiele kurz mit dem Gedanken, beide Arme zu ihm nach oben zu strecken und ihn einfach von der Stange zu nehmen, als ich ein paar schnelle federnde Schritte auf der Treppe höre.

Tapp, tapp, tapp.

Oh nein! Ich kenne diese Schritte ganz genau. Hektisch springe ich vom Stuhl runter, stolpere über einen Kleiderhaufen, der da schon ewig rumliegt, und spurte zur Tür. Jetzt geht's um Sekunden. Ich reiße sie so heftig auf, dass ich mir den großen Zeh anhaue, und rumpele auf der Schwelle mit meiner Mutter zusammen.

»Ups, nicht so schnell, Krümel!«, ruft sie lachend und drückt mich an sich. Sie riecht nach Morgen und Mama und frisch gewaschener Wäsche. Nur diesen Spitznamen muss ich ihr dringend abgewöhnen.

»Ich wollte gerade zu euch runterkommen«, brabbele ich, schiebe sie mit dem Kopf vor mir her, greife mit einer Hand nach hinten und ziehe die Tür hinter mir zu.

»Ja, was machst du denn da, Krümel?«, wundert sie sich über mein Geschiebe.

»Ich muss euch was sagen«, quassele ich weiter, nehme ihre Hand und ziehe sie mit mir die Treppe hinunter.

»Langsam, langsam.« Kichernd stolpert sie hinter mir her und ich finde, dass ich das so weit schon mal gut hingekriegt habe.

»Hallo, mein Großer.« Mein Vater nimmt mich an der untersten Stufe in Empfang, hebt mich kurz hoch und stellt mich auf dem Flur ab. »Was ist denn gestern mit der Küchenlampe passiert?«

»Das, äh …«

»Ich besprech das mit ihm«, sagt meine Mutter rasch.

»Gut, wenn du meinst …« Trotzdem schaut er mich fragend an und ich mache ein unschuldiges Gesicht, als hätte ich keine Ahnung, wer die Lampe auf dem Gewissen hat.

Er wirft seufzend einen Blick auf seine Armbanduhr. »Also, ich muss dann.« Meine Mutter hält ihm die Wange hin und er gibt ihr ein luftiges Abschiedsküsschen, ohne richtig zu treffen. Dann legt er mir einen Arm um die Schultern und zieht mich etwas zu schnell an sich, sodass ich an seiner Hüfte abpralle.

»Noch zehn Tage«, sagt meine Mutter mit hoffnungsfroher Stimme.

»Noch zehn Tage«, wiederholt er und streckt uns seinen gehobenen Daumen entgegen.

So zählen wir jeden Tag bis zum Beginn unseres Urlaubs runter. In zehn Tagen fliegen wir nach Sizilien. Ohne Mia, aber mit meinem Bruder Leon, der quasi doppelt Urlaub macht, weil er gerade in einem Ferienlager in Südtirol ist.

Dann passieren zwei Dinge gleichzeitig. Mein Vater verschwindet aus der Haustür und ich habe eine dieser tollen Eingebungen, die sich wie von selbst in meinen Kopf reinschmuggeln. »Das mit der Lampe«, sage ich schnell, um die Eingebung nicht zu vergessen, »das war echt verdammtes Pech.«

Ich marschiere voraus in die Küche und sehe sofort, dass der gelbe Lampenschirm immer noch da liegt, wo ich ihn gestern hingelegt habe.

»Na, da bin ich ja mal gespannt ... warmen Kakao?«

Ich schüttele den Kopf und lasse mich auf einen Küchenstuhl plumpsen. »Kalt.«

Sie füllt einen Becher mit Milch und öffnet die Kakaodose.

»Wir haben da gestern so ein Spiel gespielt, also Henry, Zoe und ich, dass man den Boden nicht berühren darf.«

»Wie, den Boden nicht berühren?«

»Na, dass wir nur auf dem Küchentisch und auf den Stühlen und so sein durften.«

»Bei euch piept's wohl.« Sie schüttelt den Kopf und pustet sich eine Haarsträhne aus der Stirn. »Seid ihr für solche Spiele nicht langsam ein bisschen zu alt?«, fragt sie mit leicht genervter Stimme.

»Ja ... vielleicht«, gebe ich zu.

»Aber ich verstehe immer noch nicht, wie das mit der Lampe passieren konnte.«

»Also, das war so: Ich stand auf einem Stuhl, Zoe saß neben der Spüle und Henry musste von seinem Stuhl aus einen Riesensprung bis zum Tisch machen ...«

Am liebsten würde ich Henry alles in die Schuhe zu schieben, als Rache für seinen Egoismus mit Norbert, aber dann habe ich doch ein schlechtes Gewissen.

»Ach, stimmt gar nicht, also, *ich* musste diesen Sprung ...«

»Wie jetzt?« Meine Mutter runzelt die Stirn und stellt den Becher Kakao vor mich hin.

»*Ich* musste von meinem Stuhl aus bis auf die Tischplatte springen und hab das auch geschafft. Aber dann fing der ganze Tisch an zu wackeln und ich wusste nicht, wo ich mich festhalten sollte, und da habe ich ganz automatisch nach der Lampe gegriffen, tja, und dann …«

In diesem Moment kommt es mir zugute, dass ich manchmal vor dem Spiegel verschiedene Gesichtsausdrücke ausprobiere. Ich senke leicht den Kopf, schiebe die Unterlippe nach vorne und gucke so bedauernd und reuevoll wie möglich. Diesen Ausdruck habe ich von Pluto gelernt, wenn der mal wieder auf den Teppich gepinkelt hatte.

»Ach, Krümel, das darf doch wohl nicht wahr sein!«

Meine Mutter stemmt die Hände in die Hüften und starrt mürrisch aus dem Fenster, als würde sie überlegen, ob ich eine größere Standpauke verdient habe. Aber dann stößt sie nur einen tiefen Seufzer aus und haut sich mit beiden Händen auf die Oberschenkel, als müsste sie sich selbst bestrafen. »Also echt, so was Blödes!«

Danke, Pluto!

Sie fängt damit an, die Geschirrspülmaschine auszuräumen, und lässt ihren Zorn an Gläsern und Tellern aus. Jedenfalls klirrt es ziemlich laut, als sie die Sachen wieder in den Küchenschrank zurückstellt.

Schepper, klirr.

Ich nippe an meinem Kakao und hoffe, dass mein Lieblingsteller – der mit den knutschenden Elchen drauf – heil bleibt. *Gute Freunde kann niemand trennen,* steht darunter.

»Vielleicht könnt ihr das nächste Mal im Wohnzimmer spielen«, sagt sie trocken.

»Warum?«

»Weil unsere Wohnzimmerlampe ganz schön hässlich ist, findest du nicht?« *Schepper.* Erst jetzt dreht sie sich zu mir um.

Ich zucke die Schultern. Eigentlich finde ich unsere Wohnzimmerlampe ziemlich cool.

»Die hing schon da, als wir eingezogen sind. Ist angeblich eine sündhaft teure Designerlampe, deshalb haben es Papa und ich auch nie übers Herz gebracht, sie einfach auf den Müll zu werfen.«

Ich kann sie Fred ja mal zum Schaukeln anbieten, denke ich.

»Dabei sieht sie aus wie eine beleuchtete Klobürste«, meckert sie. »Also, wenn ihr die rein zufällig mal abreißen könntet, hätte ich nichts dagegen.«

Danke, Pluto, danke, danke, danke.

Sie geht vor meinem Stuhl in die Hocke, nimmt meine Hände in ihre und schaut mich eindringlich und ein bisschen traurig an. »Es tut mir leid, dass du so viel allein sein musst, Finn.«

»Ist gar nicht schlimm für mich«, sage ich leise.

Aus irgendeinem Grund habe ich einen Kloß im Hals und bereue es fast, sie angeschwindelt zu haben. Ich weiß ja, dass meine Eltern viel arbeiten müssen, um die Miete für unser Haus, alles Mögliche für Mia, Leon und mich und manchmal noch Hunde- oder Meerschweinchenfutter bezahlen zu können. Und so ein Sizilien-Urlaub ist bestimmt auch nicht billig.

»Im Urlaub werden wir ganz viel Zeit füreinander haben«, sagt sie, als hätte sie meine Gedanken gelesen. Sie streicht mir mit einer Hand über die Wange, so ähnlich wie Fred das vorhin gemacht hat.

»Sind ja nur noch zehn Tage.« Ich zwinge mich zu einem Lächeln.

»Ja, Finn, nur noch zehn Tage.«

Fünf Minuten später macht sich meine Mutter auf den Weg zu ihrer Beratungsstelle, um zerstrittenen Paaren zu helfen, sich etwas weniger zu streiten oder sich »im Guten« zu trennen, wenn sie absolut nicht mit dem Streiten aufhören wollen.

Wenn Fred endlich ausgeschlafen hat, werde ich also bis zum Abend Zeit haben, um ihn näher kennenzulernen. Und bis zum Abend weiß ich bestimmt auch, wie ich meinen Eltern am besten verklickere, dass sich uns nach Lulu und Pluto ein neues Haustier angeschlossen hat. Ein Haustier, um das ich mich ganz allein kümmern werde, da brauchen sie keine Bedenken zu haben.

Noch zehn Tage, denke ich mit einem schwindeligen Gefühl im Bauch.

Denn was passiert dann mit Fred?

DIE UNTERSUCHUNG

Fred hat den ganzen Vormittag durchgepennt und war einfach nicht wach zu kriegen. Jeder, der schon mal versucht hat, ein Faultier zu wecken, weiß, wovon ich rede. Zuerst hab ich's ganz vorsichtig versucht, so wie meine Mutter am Morgen bei mir, wenn sie nicht gerade verschlafen hat. Ein bisschen die Arme streicheln, ein Küsschen aufs Ohr, sanfte Finger in den Haaren. So kann man schön langsam vom Schlaf- in den Wachzustand rübergleiten.

Aber bei Fred reicht das nicht aus.

Also hab ich ein bisschen fester gestreichelt und geklopft und auch meine Stimme ist immer lauter geworden: »Fred, wach auf, es ist schon halb zwölf.«

Nix.

»Fre-hed!«

Immer noch nix.

»FRED!!!«

Dreimal nix.

Da hab ich ihn gerüttelt und geschüttelt. Hab meine Taschenlampe geholt und ihm direkt ins Gesicht geleuchtet. Hab schließlich ein Augenlid mit Gewalt nach oben geschoben und siehe da – das Auge darunter strahlt mich fröhlich an, als hätte er nur darauf gewartet, dass ich zu solchen Maßnahmen greife.

So ein Schlawiner.

Das Ganze hat sich dann noch ein paarmal wiederholt, was eigentlich ein schönes Spiel ist, bis Fred irgendwann eingewilligt hat, sich von mir von der Stange nehmen zu lassen.

Also, jeden Morgen mache ich diesen Zirkus jetzt nicht mit, das kann ich ihm gleich sagen.

Fred hat sich sofort wieder an mich geklammert

und wollte sich partout nirgends absetzen lassen. Nicht auf dem Boden, nicht auf meinem Bett, nicht mal auf meinem gemütlichen Klamottenhaufen. Ich hab ihn dann erst mal durchs ganze Haus getragen und ihm alle Zimmer gezeigt. Er soll sich ja möglichst schnell eingewöhnen und bei uns wohlfühlen, und dabei habe ich festgestellt, dass man auf so einer Faultierbesichtigungstour zumindest die Hände frei hat. Denn Fred, den muss man gar nicht festhalten, der sitzt so fest, als hätte er Superkleber an den Krallen.

Man kann sich also zwischendurch ruhig was zu trinken holen, den Keller nach Schokoladevorräten absuchen, in seinen Panini-Alben blättern oder sich in sein Mathebuch vertiefen.

Das letzte Beispiel war nur Spaß.

Da kommt mir plötzlich ein sorgenvoller Gedanke. Und wenn Fred nun schwerhörig ist? Vielleicht hat er deshalb nicht reagiert, als ich ihn angesprochen habe. Babys und Kleinkinder werden doch auch ständig zum Arzt geschleppt, damit der feststellen kann, ob mit Augen und Ohren alles in Ordnung ist, ob die Reflexe stimmen und alle Körperteile an der richtigen Stelle sitzen. Und wie ich da so drüber nachdenke, wird mir schlagartig klar, dass ich nicht nur Fred, sondern auch eine riesige Verantwortung mit mir herumtrage.

Ich muss ihn gründlich untersuchen lassen. Von einem Spezialisten. Das bin ich Fred einfach schuldig.

* * *

»Wo ist Norbert?«, frage ich, als Henry mit einem kleinen roten Plastikkoffer in der Hand zu uns ins Haus schlurft.

»Der durfte nicht mit«, antwortet er missmutig.

»Warum nicht?«

»Weil meine Eltern finden, dass Norbert in letzter Zeit schon genug mitgemacht hat und ein bisschen Ruhe braucht. Du weißt ja, all diese Touristengruppen, das Fernsehen und so …« Henry verdreht die Augen. »Ich glaub eher, dass meine Eltern ein bisschen Ruhe brauchen.«

Fred dreht seinen Kopf in Henrys Richtung und stößt einen lustigen kleinen Triller aus.

Henry hält vorsichtshalber zwei Schritte Abstand zu ihm. »Wie läuft's denn so mit unserem

Nasenkneifer? Seid ihr euch schon nähergekommen?«

»Kann man so sagen«, bestätige ich und breite die Arme aus, während Fred mir förmlich am Bauch klebt. »Siehst du, hält auch ohne Pattex.«

Ding-dong, die Haustür.

Ich öffne mit einer Hand.

»Ja, da ist ja mein kleiner Schnullibulli!«, ruft Zoe begeistert.

Glücklicherweise bin nicht *ich* gemeint. Dann doch lieber Krümel.

Fred fühlt sich offenbar angesprochen und schwenkt langsam einen Zottelarm zur Seite. Es ist eine weit ausholende Bewegung, die wie eine Begrüßung aussieht.

»Dann wollen wir unseren Mausebär mal auf Herz und Nieren prüfen«, sagt sie und klingt plötzlich so entschlossen und fachkundig wie eine junge Ärztin. »Hast du die Untersuchungsinstrumente dabei, Henry?«

Henry zeigt ihr den roten Plastikkoffer.

»Ausgezeichnet. Ich habe schon einen Fragebogen vorbereitet, auf dem alles draufsteht, was wichtig ist. Wir müssen dann nur noch das richtige Ergebnis ankreuzen.«

Ich gehe voraus ins Wohnzimmer und deute auf den Couchtisch, über den ich eine geblümte Wachstuchdecke gebreitet habe. Die haben wir früher immer bei Kindergeburtstagen benutzt.

»Hier können wir ihn untersuchen«, sage ich und sehe unsere schicke Klobürstenlampe, die über dem Untersuchungstisch hängt, mit völlig neuen Augen. Vielleicht kann Fred sie nachher noch abreißen, dann wäre ihm die Zuneigung meiner Mutter schon mal sicher.

Aber natürlich will er sich nicht auf das kalte Wachstuch legen, das hätte ich gleich sagen können.

Henry öffnet den Koffer und legt die Instrumente nebeneinander auf den Tisch: ein Stethoskop, um die Herztöne abzuhören, ein merkwürdig großes Fieberthermometer, eine Spritze und einen kleinen Hammer, alles aus rotem Plastik.

»Ist das nicht eigentlich Kinderspielzeug?«, frage ich skeptisch.

»Den hab ich bei uns auf dem Dachboden gefunden«, erklärt er, als wäre das eine Antwort auf meine Frage.

»Für die erste Grunduntersuchung reicht das völlig aus«, entscheidet Dr. Zoe, fummelt ein krauses Maßband aus ihrer Hosentasche und legt es neben die rote Plastikspritze. Zoe denkt auch wirklich an alles.

Ich frage mich, was in dem rosa Stoffbeutel drin ist, den sie dabeihat, aber nur ganz kurz, weil sie wie aufs Stichwort ein paar weiße Blätter, einen roten Stift und ein dickes Buch herauszieht, das an der schmalen Seite von extradickem Klebeband zusammengehalten wird.

Dschungeltiere dieser Erde, steht auf der Vorderseite. Darunter ist ein schuppiges schlammgrünes Krokodil zu sehen, das sein Maul so weit aufreißt, dass man da locker mit dem Fahrrad reinfahren könnte – grusel, grusel.

Fred guckt das Krokodil interessiert an, scheint sich aber nicht zu gruseln. Immerhin ist ja auch er ein Dschungeltier und den Anblick von Krokodilen wahrscheinlich mehr gewohnt als wir.

Blätter und Stift legt Zoe auf einen Stuhl, ehe sie das Buch aufklappt. »Hier sind echt die unglaublichsten Tiere drin«, sagt sie und überfliegt das Inhaltsverzeichnis. »*Chamäleons, Tapire, Nashörner, Blattschneiderameisen* ...«, ihr Finger wandert weiter nach unten, »*Nasenaffen, Pfeilgiftfrösche, Pandoline, Gürteltiere* ... *Faultiere*, da haben wir's, Seite 73.«

Im nächsten Moment blickt uns aus dem Buch ein haariges Wesen mit vorstehender rosa Nase an, das kopfüber an einem Ast hängt.

»Also, ich weiß nicht …« Henry runzelt die Stirn. »Das soll ein Faultier sein?«

»Sieht eher wie eine Mischung aus Faultier und Schwein aus«, finde ich.

»*Faultiere*«, beginnt Zoe zu lesen, »*sind Säugetiere und leben im tropischen Regenwald in Mittel- und Südamerika*. Hab ich doch recht gehabt.«

Stimmt, Zoe hatte gestern was von Südamerika gesagt. Aber wo liegt das eigentlich genau?

»*Es gibt zwei verschiedene Faultierarten*«, liest Zoe weiter. »*Zweifingerfaultiere und Dreifingerfaultiere. Wie der Name schon sagt, unterscheiden sie sich durch die Anzahl der Finger an ihren ›Vorderfüßen‹. Dort besitzen die einen Faultiere zwei, die anderen drei Finger mit langen gebogenen Krallen. An den Hinterfüßen haben alle Faultiere drei Zehen.*«

»Drei Krallen vorne, drei Krallen hinten«, murmele ich. »Dann ist Fred also … ein Dreizehenfaultier!«

»Messerscharf erkannt«, kommentiert Henry. »Und Zweizehenfaultiere sind dann wohl die mit der Schweinenase.«

Zoe nickt zustimmend, geht in die Hocke und faltet ein Blatt Papier auseinander.

FRED – GESUNDHEITSZUSTAND, steht da in großen Buchstaben. Darunter schreibt sie in Klammern: (Dreizehenfaultier!). Mit Ausrufezeichen.

»Dann beginnen wir jetzt mit der Untersuchung«, gibt sie bekannt. »Finn, du kannst den Patienten gerne weiter im Arm halten, wenn ihm das lieber ist.«

»Ist ihm lieber«, versichere ich.

Zoe verschränkt ihre Hände hinter dem Rücken und geht mit wichtiger Miene auf und ab. »Ist dir in der Zeit, die du bis jetzt mit ihm verbracht hast, irgendwas aufgefallen, das auf eine Beeinträchtigung seiner Gesundheit hindeuten könnte?«

»Wie … was?«

»Ob du glaubst, dass Fred ganz gesund ist«, flüstert mir Henry zu.

»Na ja, er hat ewig geschlafen und war kaum wach zu kriegen«, antworte ich. »Aber das ist bei Faultieren bestimmt normal.«

»Wie lange genau?«, will Zoe wissen.

Ich denke kurz nach. »Fast fünfzehn Stunden.«

»Einen Moment.« Zoe wirft einen Blick in das

Tierlexikon. »Das haben wir gleich.« Ihr Zeigefinger saust über die Zeilen. »Hier steht's: *Ein Faultier schläft zwischen 15 und 20 Stunden am Tag. Da Faultiere bis zu 40 Jahren alt werden, verschlafen sie ungefähr 34 Jahre ihres Lebens.*«

»Donnerwetter.« Henry ist beeindruckt. »Im Vergleich dazu kommt Fred ja mit ziemlich wenig Schlaf aus.«

»Trägst du das in den Untersuchungsbericht ein, Henry?«

»Wird gemacht.« Henry nimmt sich den Stift und braucht ein paar Sekunden Zeit, um sich auf dem Untersuchungsbogen zurechtzufinden. »Bei Schlafverhalten gibt's hier nur zwei Kästchen mit *normal* und *nicht normal.*«

»Dann kreuzen wir *normal* an«, entscheidet Zoe.

»Kannst ja *eher weniger* dazuschreiben«, schlage ich vor.

Henry folgt meinem Ratschlag.

»Außerdem frage ich mich, ob Fred vielleicht was an den Ohren hat«, äußere ich besorgt. »Manchmal reagiert er gar nicht richtig, wenn man ihn anspricht.«

»Wir wollen erst mal seine Körpergröße ermitteln«, sagt Zoe mit einem Blick auf den Fragebogen. »Zu den Ohren kommen wir später.«

Sie schnappt sich das knittrige Maßband von IKEA und stellt sich hinter Fred, also mir gegenüber. »So, mein Kleiner«, säuselt sie ihm ins Ohr, »dann musst du jetzt schön stillhalten, damit das Untersuchungsergebnis nicht verfälscht wird.«

Freds Kopf hat sich von meiner Brust gelöst. Seine glänzenden Knopfaugen folgen aufmerksam jeder von Zoes Bewegungen. Wirklich unglaublich, wie weit er den Kopf in jede Richtung drehen kann.

Zoe hält das Ende des Maßbands exakt an der Spitze der mittleren Fußkralle fest und zieht das andere Ende an Freds Bein entlang und den Rücken hoch. Dabei achtet sie sorgfältig darauf, dass es ganz eng an Freds Fell anliegt.

»Schwierig, sehr schwierig mit dem angewinkelten Bein«, murmelt sie.

Als sie seinen Nacken erreicht, legt Fred seinen Kopf weit nach hinten und stößt wieder dieses komische Glucksen aus, wie gestern, als sie seine Ohren gerubbelt hat.

Zoe drückt seinen Kopf sanft wieder nach vorne. »Gleich hast du's überstanden, mein Schätzchen«, flötet sie und faltet das letzte Stückchen Maßband auseinander, bis sie oben auf seinem Kopf ankommt. »47,3 Zentimeter«, verkündet sie. »Also, ein Riese ist er nicht gerade.«

Henry notiert das Ergebnis.

»Wie groß können Faultiere denn so werden?«, erkundige ich mich interessiert.

»Zwischen 40 und 75 Zentimetern«, antwortet Zoe, ohne einen Blick in das Buch werfen zu müssen. »Als Nächstes wenden wir uns dem Körpergewicht zu, läuft ja alles wie am Schnürchen.«

Henry und ich schauen uns fragend an und Zoe zieht einen Flunsch, der sagt: *Muss man sich eigentlich um alles selber kümmern?*

»Also, ohne Waage kommen wir hier nicht weiter«, fügt die Chefärztin ein bisschen pampig hinzu. »Henry, könntest du …? Finn muss den Patienten ruhig halten.«

»Badezimmer, erster Stock«, sage ich lässig.

Henry läuft los, nimmt auf der Treppe immer zwei Stufen auf einmal und schleppt kurz darauf unsere Badezimmerwaage die Treppe runter. Meine Mutter liebt diese Waage, weil sie zwei Kilo zu wenig anzeigt, aber das behalte ich für mich.

Henry stellt die Waage vor mich auf den Boden

und dreht an dem kleinen Rädchen, damit die Anzeige genau auf null steht.

»Fred, jetzt hab dich nicht so!«, stöhne ich, während ich irgendwie versuche, ihn auf der Waage abzusetzen.

»Tüdelü«, pfeift Fred, was ungefähr so klingt, als würde er mir die Zunge rausstrecken.

Zoe guckt mich belustigt an und auch Henry sieht anscheinend keine Veranlassung, mir zu helfen, sondern verschwindet in Richtung Küche. Vielleicht hat er Angst um seine Nase.

»Mann, Fred, jetzt lass doch mal!« So langsam hab ich die Faxen dicke. Ich drehe mich blitzartig hin und her und versuche abwechselnd, seine Arme und Beine wegzuziehen, aber genauso gut könnte ich versuchen, einen achtarmigen Tintenfisch von mir loszureißen. Zu dritt würden wir es vielleicht irgendwie schaffen, aber das wäre Tiermisshandlung. Außerdem kann Fred ja nicht wissen, was eine Waage ist, und hält das Ganze bestimmt für ein neues Spiel.

Nach einer Minute Faultierringkampf bin ich fix und fertig und Fred so entspannt wie immer. Mein durchgeschwitztes T-Shirt klebt mir am Bauch und Fred klebt immer noch an meinem T-Shirt. Doch kaum lasse ich erschöpft die Arme hängen, da fängt Fred doch tatsächlich an, seine Krallen zu lockern und langsam an mir runterzurutschen wie an einem Baumstamm.

»Ja, du machst mir Spaß«, wundere ich mich, während Henry aus der Küche zurück ist und irgendwelche Gegenstände neben das Sofa legt.

Als Fred an meinen Füßen ankommt, lässt er sich anstandslos von Zoe hochheben und auf die Waage setzen.

»Siebeneinhalb Kilo«, liest Henry von der Anzeige ab.

»Siebeneinhalb, siebeneinhalb, kleinen Moment …« Zoes Nase ist schon wieder im Dschungelbuch verschwunden. »Also, hier steht, dass Faultiere in freier Wildbahn zwischen drei und elf Kilo wiegen«, teilt sie uns mit und nickt bedächtig vor sich hin. »Hab's mir schon gedacht.«

»Was hast du dir gedacht?«, fragt Henry.

»In Anbetracht seiner geringen Größe scheint mir der Patient leicht übergewichtig zu sein. Vielleicht sollten wir eine Diät in Erwägung ziehen.« Sie tätschelt Freds runden Bauch und hebt mahnend ihren Zeigefinger. »Schokolade ist gestrichen, mein Dickerchen.«

Fred kriecht behäbig von der Waage.

»Steht hier auch was über Ernährung?« Henry schnappt sich das Buch aus Zoes Händen. »Wenn er ein bisschen leichter wäre, würde er sich vielleicht auch schneller bewegen«, mutmaßt er. »Ah, wer sagt's denn, dritter Absatz: *Die meisten Faultiere ernähren sich fast ausschließlich von Blüten und Blättern. Nur manche Zweizehenfaultiere fressen hin und wieder auch Früchte, Insekten und kleinere Wirbeltiere.*«

Nicht gerade sehr abwechslungsreich, denke ich, als mir wie von selbst ein Gedanke kommt, der mich irgendwie beunruhigt. Ich weiß auch nicht, warum. Vielleicht, weil ich will, dass Fred einfach Fred bleibt.

»Woher wollen wir eigentlich so genau wissen«, beginne ich zögerlich, »dass Fred ein Junge ist? Okay, er hat beim Scrabble-Spielen seinen Namen gelegt, aber schließlich hatte er sich da gerade die Füße verbrannt und war ziemlich hektisch – also, für seine Verhältnisse.«

Zoe zwirbelt ihre Locken und scheint gründlich darüber nachzudenken. »Du meinst, er wollte eigentlich Frieda legen?«

»Keine Ahnung«, antworte ich, »aber könnte

Fred nicht auch eine Abkürzung für Friederike sein?«

»Also, ich kenne keine einzige Friederike, die Fred genannt wird«, gibt sie zurück.

»Dann lasst uns mal schnell nachgucken, ehe er … oder *sie* … sich wieder an dir festklammert«, schlägt Henry vor.

Im Nu ist Zoe bei unserem Moppelchen, hebt ihn unter den Achseln hoch und kitzelt ihn mit ihrer Nase am Hals. »Killekille, da ist aber jemand kitzelig!« Fred gackert leise in sich hinein und lässt sich mit dem Rücken auf den Behandlungstisch legen.

Zoe ist echt genial.

Wir alle beugen uns konzentriert über den stämmigen Patienten und suchen seinen Unterkörper nach irgendwelchen Hinweisen ab, um was für ein Geschlecht es sich handeln könnte.

Für ein paar Sekunden sagt niemand ein Wort.

»Seht ihr irgendwas?«, fragt Henry leise.

Ich schüttele den Kopf und sehe nur Fell, Fell und nochmals Fell. »Was meinst du, Zoe?«

Die Untersuchungsleiterin legt nachdenklich ihren Kopf auf die Seite. »Ich denke, wir sollten die Bestimmung des Geschlechts auf ein anderes

Mal verschieben«, antwortet sie schließlich. »Die war heute eigentlich auch gar nicht geplant.«

Ich nehme das Buch zur Hand und suche nach Informationen, wie man bei Faultieren Männchen und Weibchen unterscheidet. Das sollte doch das Mindeste sein, was in so einem Faultierartikel steht. Aber das ist mal wieder typisch. Es gibt jede Menge Spezialinformationen – dass Faultiere ein paar zusätzliche Gelenke und Halswirbel haben und manchmal Algen und Falter in ihrem Haarkleid wohnen. Aber wie man nun erkennt, ob es sich um einen Rotzlöffel oder um eine Zimtzicke handelt – Fehlanzeige!

Ach, was soll's, denke ich, lege das Buch auf den Stuhl zurück und nehme Fred wieder in meine Arme. Mit einem zufriedenen Lächeln auf den Lippen schmiegt er seinen Kopf an meine Brust und will sich gerade richtig festklammern, als Henrys verschmitzte Miene hinter Freds Rücken auftaucht. Ich frage mich, was er im Schilde führt, als er plötzlich zwei große Topfdeckel hochreißt und gegeneinander schmettert.

TSCHING!!!

Am Anfang zeigt Fred keine Reaktion und ich fürchte schon, dass mein schlimmer Verdacht sich bestätigt. Doch dann läuft ein Zittern durch seinen ganzen Körper, Arme und Beine beginnen zu zucken, die Nackenhaare stellen sich auf, seine Augen werden riesengroß und seine Krallen schnappen so plötzlich um mich rum, als würde eine Tür ins Schloss fallen.

»Sag mal, spinnst du?«, schnauze ich Henry an.

»Wir wollten doch noch sein Gehör untersuchen«, verteidigt er sich. »Und so haben wir jedenfalls ein eindeutiges Ergebnis.«

Ich streichele Fred, der immer noch zittert, beruhigend über den Rücken und werde von einer Welle aus Mitleid und Fürsorge überschwemmt. Doch natürlich bin ich auch ein wenig erleichtert, als Zoe ein Kreuz bei *normales Gehör* macht.

Wir haben uns dann darauf geeinigt, die Grunduntersuchung zu beenden, um unserem kleinen Patienten ein wenig Ruhe zu gönnen. Selbst das Abreißen der Klobürstenlampe will ich ihm jetzt nicht mehr zumuten. Es wird sich schon noch eine Gelegenheit finden.

Ich hoffe nur, dass Fred bis zum Abend wieder der Alte ist, um meinen Eltern gegenüber einen vorbildlichen Eindruck zu machen. Doch wahrscheinlich wird er von der ersten Begegnung mit ihnen gar nichts mitbekommen. Denn man muss ja nicht mal ein Faultier sein, um nach einer so nervenaufreibenden Untersuchung in tiefen Schlaf zu fallen.

DER UNFALL

Fred hat sich dann überraschend schnell berappelt und war Henry auch nicht böse wegen der Topfdeckel. Jedenfalls hat er ihm zum Abschied nicht wieder in die Nase gezwickt. Zoe war hin und weg, wie toll Fred alles mitgemacht hat, und meinte, sie habe selten einen so kooperativen Patienten erlebt. Ich habe sie nicht gefragt, was *kooperativ* bedeutet, aber ich glaube, es ist ungefähr dasselbe wie »toll mitgemacht«.

In meinem Zimmer ist Fred dann ganz alleine bis zur Vorhangstange geklettert – von meinem Schreibtischstuhl auf die weiße Tischplatte, die ich extra ein bisschen freigeräumt hatte, und von dort senkrecht den Kleiderschrank hoch (das steilste Stück), wo er nur einen Arm ganz ausstrecken muss, um sich rüberzuhangeln. Die ganze Klettertour hat fast eine Viertelstunde gedauert, aber ich finde es gut, dass er sie ohne meine Hilfe bewältigt, schon allein wegen seines Übergewichts.

An der Stange hat er dann sogar freiwillig ein bisschen Gymnastik gemacht, und Mannomann, an dem ist echt ein Zirkusartist verloren gegangen. Mal hängt er an einem Arm und kratzt sich mit der freien Hand unter der Achsel, dann hängt er plötzlich kopfüber an nur einem Fuß, lässt die Arme baumeln und pfeift vor sich hin. Im nächsten Moment zieht er sich mit einer Hand ein Stück weit nach oben und dreht seinen Hals in alle Richtungen, als wäre der aus Gummi.

Irgendwann hat es leise *klack, klack, klack, klack* gemacht, das heißt, seine vier Krallen haben sich nacheinander an der Stange festgehakt, worauf er den Kopf in den Nacken gelegt und die Augen geschlossen hat. Das ist sozusagen seine Ruhe- und Schlafposition.

Nach der Untersuchung hat er nur ein kleines Nickerchen gemacht und war abends voll einsatzfähig. Meinen Eltern fiel natürlich die Kinnlade runter, als ich plötzlich mit Fred am Bauch ins Wohnzimmer spaziert kam. Aber so ein Überraschungseffekt verpufft ja schnell, also hab ich erst mal mein reuevolles Hundegesicht aufgesetzt und war ganz kleinlaut und geständig und zusammen mit Freds Anschmiegsamkeit und seinem Clownslächeln war das eine unschlagbare Mischung.

Hätte ich ein kleines Krokodil hereingetragen, wäre bestimmt die Hölle los gewesen, aber so konnten meine Eltern gar nicht anders, als mir meine Schwindelei zu vergeben und Fred sofort ins Herz zu schließen.

Fred hat sich auch gleich von seiner besten Seite gezeigt und sich von meiner Mutter auf den Arm nehmen lassen. Und meine Mutter fand ihn ganz »bezaubernd«, ist sofort auf Schmusekurs gegangen und hat Fred fast noch kindischer behandelt als Zoe mit ihrem dutzi, dutzi. Ich glaube, fast hätte sie ihn *Krümel* genannt. Das ist bestimmt der Mutterinstinkt.

Nur mein Vater hatte noch ein paar Restbedenken von wegen ansteckender Krankheiten von Dschungeltieren und so und hat was von Genehmigung und Gesundheitsamt gesagt, doch zum Glück weiß ich, wie so was läuft – zuerst nehmen sich meine Eltern etwas ganz fest vor, dann erinnern sie sich gegenseitig daran – anfangs häufig, dann immer seltener – und schließlich gerät die Sache meistens in Vergessenheit.

* * *

Das war gestern Abend und heute ist heute, also hat das mit dem In-Vergessenheit-Geraten schon mal gut angefangen. Manchmal frage ich mich übrigens, ob man mit siebzehn Jahren vergessen kann, dass man eine Familie hat. Jedenfalls ist Mia vorhin so schnell rein- und wieder rausgeschneit, dass sie von Fred gar keine Notiz genommen hat. Wenn es stimmt, dass Liebe blind macht, dann gilt das vermutlich auch für Faultiere im eigenen Wohnzimmer.

Und jetzt sind wir alle bei uns im Garten, also Zoe, Henry, Norbert, Fred und ich, weil so ein Faultier unmöglich die ganze Zeit nur drinnen sein kann, da hätte ich echt ein schlechtes Gewissen. Das war auch quasi die einzige Bedingung, die meine Eltern gestellt haben – dass Fred oft genug an die frische Luft kommt und kein reines Hausfaultier wird. Weglaufen kann er uns ja nicht, sage ich mir zur Beruhigung. Da müsste Fred jetzt sofort loskriechen, aber volle Pulle, um bis zum Abend das Gartentor zu erreichen, und bis dahin hätten wir ihn hundertmal wieder eingefangen.

Heute ist wirklich der schönste Tag seit Langem! Schon am Morgen hatte ich so ein helles und leuchtendes Gefühl, als wäre nicht nur draußen, sondern auch in mir drin eine große Sonne aufgegangen. Ich könnte einfach platzen vor Freude und Glück, dass Fred jetzt offiziell mein Haustier ist. Und während mich die Grashalme unter den Füßen kitzeln, finde ich, dass auch unser Garten noch nie so schön war wie heute, obwohl er eigentlich bloß ein großes Rechteck ist.

Ein sanfter Wind rauscht in den Bäumen und setzt die Millionen kleiner Blätter in Bewegung, als würden sie mir zuwinken. Dazwischen blitzen gelbe Sonnenstrahlen durch, so lang und dünn wie Spaghetti. Wenn sie mein Gesicht treffen, kitzelt es in der Nase. Und direkt über mir dieser unnatürlich leuchtende Himmel, als hätte jemand einen riesigen Eimer mit schlumpfblauer Farbe ausgekippt. Er kommt mir so nah vor, als könnte ich mit den Händen hineingreifen und die Farbe eigenhändig umrühren.

Das ist einer dieser Momente, an denen man sich wie der strahlende Mittelpunkt der Welt vorkommt. Im Kino habe ich mal so eine Kameraeinstellung gesehen. Da sah man zuerst nur funkelnde Sterne und Planeten. Von all diesen Planeten hat sich die Kamera dann die runde blaue Erde ausgesucht und ist immer näher herangefahren. So nah, bis man schließlich die verschiedenen Kontinente erkennen konnte und wie viel Wasser dazwischen ist, und plötzlich sind Städte, Gebirge und Meere nur so an einem vorbeigezischt, weil die Kamera Europa ins Visier genommen hatte, und mitten in Europa war Deutschland und irgendwo mitten in Deutschland, denke ich jetzt, ist unser Garten, in dem ich stehe. Am Ende ist die Kamera, die aus dem Weltraum kam, nur noch auf mich gerichtet, den Mittelpunkt von allem.

»Noch einen Schritt … und noch einen Schritt … ja, toll machst du das!« Zoe hält Fred an den Händen fest und übt mit ihm Laufen wie mit einem kleinen Kind. Dabei steht in ihrem Lexikon schwarz auf weiß, dass Faultiere nicht aufrecht gehen können, aber das ist ihr egal. Und wenn Zoe sich was in den Kopf setzt, dann gibt sie erst Ruhe, wenn sie ihr Ziel erreicht hat. Dann muss eben ein neues Lexikon geschrieben werden.

Außerdem meint sie, dass Fred auf diese Weise mehr Kalorien verbraucht, als wenn er nur über den Boden kriecht oder irgendwo abhängt.

Norbert hat es sich im Schatten unter der großen Buche bequem gemacht und schüttelt schnaubend seinen Kopf hin und her, weil er unheimlich beliebt bei den Fliegen ist. Henry hilft ihm beim Verscheuchen und wedelt mal rechts, mal links mit einem Geschirrtuch.

»So, mein Kleiner, jetzt ist Pause.« Zoe lässt Freds Hände los und Fred macht tatsächlich noch zwei, drei selbstständige Schritte auf den Hinterbeinen, ehe er sich ins Gras sinken lässt. Er liegt ungefähr dort, wo Lulu damals ihren Herzkasper gekriegt hat.

Zoe hüpft mir mit breitem Lächeln entgegen. »Wahnsinn, wie schnell er Fortschritte macht. Also, wenn das so weitergeht, dann kann er in ein paar Tagen ...«

»Paauuu…se.«

Blitzartig drehen wir uns zu Fred um, der platt auf dem Bauch liegt und sich mit seiner kleinen Zunge die Lippen leckt.

Zoe starrt mich ungläubig an. »Hast du das auch gehört?«

»Äh, ich weiß nicht genau«, antworte ich unsicher.

Sie kneift die Augen zusammen und wirft Fred einen forschenden Blick zu. »Das klang doch echt wie …«

»Pause«, ergänze ich und muss im nächsten Moment lachen. »Aber das kann doch gar nicht sein.«

»Henry!«, ruft Zoe. »Hast du das auch gehört?«

»Was?«

»Das, was Fred gerade gesagt … also, was da aus seinem Mund gekommen ist.«

»Nö, hab nix gehört.«

Zoe legt sich flach auf den Bauch, um mit Fred Blickkontakt aufzunehmen. »Hast du eben *Pause* gesagt, Fred? Pau-se?«

Freds Augen funkeln so komisch, aber wahrscheinlich bilde ich mir das nur ein. Und natürlich antwortet er nicht, sondern streckt seelenruhig einen Arm aus und zieht mit seinen Krallen ein paar Blätter zu sich heran – so wie ein Seeräuber seinen Enterhaken auswirft, um ein feindliches Schiff zu sich heranzuziehen. Dann nimmt er ein Blatt zwischen seine Hände und kaut darauf herum.

Zoe steht auf und zuckt die Schultern. »Na ja, hätte mich auch gewundert. Ein sprechendes Faultier, wo gibt's denn so was?«

»Aber eigentlich ist er auch gar nicht mehr faul«, entgegne ich. »Guck mal.«

Fred hat das Blatt ins Gras fallen lassen und sich wieder in Bewegung gesetzt. Mit lustigen Schaukelbewegungen schiebt er seinen stämmigen Körper auf Norbert und Henry zu, die immer noch unter dem Baum sitzen. So schubbert er gemächlich über das Gras und ich frage mich, was er vorhat. Auch Norbert hat seinen Kopf in Freds Richtung gedreht, lässt jedoch nicht erkennen, ob er sich über den Faultierbesuch freut oder nicht.

Keine Minute später wird mir klar, dass Fred nicht Henry und Norbert, sondern der Buche einen Besuch abstatten will. Ein bisschen mulmig dabei ist mir schon zumute. Denn Fred kann uns zwar nicht davonkriechen, aber wie sollen wir ihn wieder einfangen, wenn er erst mal beginnt, an den Bäumen hochzuklettern?

Fred guckt nicht nach links und nicht nach rechts, sondern hat nur den Stamm der Buche im Blick, der vor ihm aufragt.

»Also, ich hol ihn da nicht runter, wenn er gleich oben in der Krone sitzt.« Henry natürlich. Der braucht sich um Norbert ja auch keine Sorgen zu machen.

»Und wenn er runterfällt?« Irgendwie ist mir die ganze Sache nicht geheuer. Vielleicht suche ich auch nur nach einem Vorwand, um Fred das Klettern zu verbieten. Denn natürlich weiß ich, dass ich ihm die Chance geben muss, wie ein ganz normales Faultier zu leben.

»Faultiere sind hervorragende Kletterer und verbringen fast ihr ganzes Leben auf Bäumen«, zitiert Zoe aus ihrem Lexikon. Ich glaube, sie kann inzwischen den ganzen Artikel auswendig.

»Aber wenn er nun wenig Übung hat?«, wende ich ein.

Zoe winkt ab. »Eher ertrinkt ein Fisch, als dass ein Faultier vom Baum fällt.«

Mit einem kalten Gefühl im Bauch beobachte ich, wie Fred den Stamm in Angriff nimmt. Und obwohl ich ein bisschen Angst um ihn habe, bin ich doch fasziniert, wie er, ohne mit der Wimper zu zucken, senkrecht nach oben kraxelt. Ich glaube, selbst Spiderman wäre beeindruckt. Freds Krallen haken sich mühelos in der Rinde fest, und während er sich Stück für Stück nach oben zieht, sieht sein Körper auch gar nicht mehr moppelig aus, sondern ziemlich drahtig und durchtrainiert.

Und was bin ich erleichtert, als Fred gleich beim ersten großen Ast nach recht abbiegt. Er krabbelt noch ein Stück nach vorne und nimmt dann dieselbe Haltung ein wie an meiner Vorhangstange: mit dem Rücken nach unten, den Kopf weit in den Nacken gelegt. Fred strahlt über das ganze Gesicht. Als wären seine Mundwinkel an den Ohren festgetackert. Dann spitzt er den Mund und stößt einen gellenden Pfiff aus – ein echtes Urwaldgeräusch. *Ich bin Fred, König des Dschungels*, könnte dieser Pfiff bedeuten. Man sieht von hier, dass er sich da oben wie zu Hause fühlt.

Irgendwie bin ich in diesem Moment wahnsinnig stolz auf ihn. Fast hätte ich in die Hände geklatscht oder ihn mächtig gelobt, presse aber im letzten Moment die Lippen zusammen. Ich meine, man lobt ja auch keinen Vogel dafür, dass er so toll fliegen kann.

Und der König des Dschungels hat seine Vorstellung noch nicht beendet. Freds Fußkrallen lösen sich vom Ast, sodass er senkrecht nach unten hängt und sich nur noch mit den Händen festhält.

»Jetzt könnte man noch mal messen, wie groß er ist«, flüstert mir Zoe zu.

Auch Norbert und Henry sind nun auf den Beinen. Norbert steht direkt unter Fred und guckt neugierig zu ihm hinauf. Sein Rüssel tanzt langsam nach oben wie die Python eines Schlangenbeschwörers. Doch er kann Fred nicht berühren, weil dessen Fußkrallen bestimmt zwei Meter über Norberts Nasenlöchern baumeln.

Als Fred sich plötzlich fallen lässt, sind wir so geschockt, dass uns der Aufschrei im Hals stecken bleibt. Nur Zoe schnappt hörbar nach Luft. Hilflos müssen wir mit ansehen, wie der Dschungelkönig in die Tiefe stürzt und direkt auf Norberts Rücken landet.

Norbert zuckt zusammen und gibt ein erschrecktes »JAU!« von sich. Dann prescht er einfach drauflos, als wären hundert Mammutjäger hinter ihm her. Fred sitzt wie ein Reiter auf seinem Rücken und hat keine andere Wahl, als zusammen mit Norbert durch den Garten zu jagen.

»Norbert, bleib sofort stehen!«, befiehlt Henry mit scharfer Stimme, aber da sieht man mal, dass es mit Norberts Erziehung nicht weit her ist. Denn der denkt gar nicht daran stehen zu bleiben, sondern wird mit jedem Meter schneller und schneller.

Zoe nimmt als Erste die Verfolgung auf. »Hab keine Angst, mein Kleiner! Norbert will nur spielen!«, ruft sie Fred hinterher. Dann sprinten auch Henry und ich los.

Mir bleibt fast das Herz stehen, weil ich fürchte, dass Norbert und Fred im nächsten Moment kopfüber in den stacheligen Brombeersträuchern landen, doch Norberts Kurventechnik ist nicht von schlechten Eltern. Er donnert direkt an der Rasenkante entlang und fast sieht es so aus, als würden seine Beine sich selbst überholen, während er mit fliegenden Schlappohren um die Kurve hetzt.

Fred hat seine Arme um Norberts Buckel geschlungen. Seine zotteligen Haare wehen im Wind, während ein breites Lächeln seine Mundwinkel auseinanderzieht. In einem Höllentempo legt sich Norbert in die nächste Kurve und ist völlig außer Rand und Band. Mit vom Wind geröteten Augen brettert er haarscharf an unserer Terrasse vorbei und streift dabei einen weißen Plastikstuhl, der krachend gegen die Wand fliegt.

Henry geht aufs Ganze, läuft ein Stück zurück und stellt sich seinem rasenden Haustier entgegen. »Stopp!«, ruft er todesmutig und streckt Norbert beide Hände entgegen.

Doch Norbert hat anscheinend vergessen, wo bei einem Mammut die Bremsen sind, und stürmt direkt auf sein Herrchen zu. Zoe schlägt sich schreiend die Hände vors Gesicht, als Norberts Stoßzähne drauf und dran sind, Henrys Brust zu durchbohren. In letzter Sekunde hechtet Henry in die Büsche.

Mir steht der Angstschweiß auf der Stirn, während Norbert und Fred weiterhin mit Vollgas unterwegs sind.

Als Henry mit dreckverschmierter Hose unter einem Rhododendronbusch hervorkrabbelt, kommt es, wie es kommen muss: Norbert galoppiert auf die hohe Birke zu, die schräg gegenüber der Terrasse steht, und legt sich plötzlich so tief in die Kurve, dass sich seine Stoßzähne nur noch Zentimeter über der Grasnarbe befinden. Während Fred sich auf Norberts Rücken zusammenkauert wie ein

Jockey auf seinem Rennpferd, senkt Norbert den Kopf, worauf sich seine Stoßzähne in den Rasen bohren.

Durch die unfreiwillige Vollbremsung wird der Jockey aus dem Sattel katapultiert, segelt in hohem Bogen durch die Luft und prallt gegen den Stamm der Birke.

»Fred!«, schreie ich.

»Norbert!«, ruft Henry.

»Mein Schätzchen!«, schluchzt Zoe, die sich neben Fred auf die Knie geworfen hat. Fred liegt regungslos am Stamm der Birke, direkt neben dem Holzkreuz von Lulu. Sein Körper sieht seltsam verdreht aus.

Norbert hat es mit Henrys Hilfe geschafft, seine Stoßzähne aus der Erde herauszuziehen. Jetzt trottet er schuldbewusst zu Fred, stupst ihn mit dem Rüssel an und dreht ihn auf den Rücken.

Doch Fred zeigt keine Reaktion.

Ich bin wie gelähmt und weigere mich zu glauben, dass sich der schönste Tag meines Lebens in den schlimmsten verwandelt haben soll. All meine verstorbenen Haustiere ziehen wie in einem Film an mir vorbei: Lulu, der zu viel Sonne den Garaus machte. Pluto, der an einer rätselhaften Hundekrankheit zugrunde ging. Und jetzt Fred, der beim waghalsigen Ritt auf einem Mammut verunglückte.

»Fred, bitte wach auf!«, flehe ich und rüttele verzweifelt an seinen Schultern.

Im Garten ist es totenstill geworden. Kein Vogel zwitschert mehr. Selbst das Rauschen in den Bäumen ist verstummt.

Da zuckt plötzlich Freds schwarze Nase.

Und als hätte er uns nur zum Narren gehalten, klappt Fred erst das eine, dann das andere Auge auf, strahlt über das ganze Gesicht und stößt ein langsames, aber sehr glückliches »Jaaaauuuuuuuuu!« aus.

DER RAUSCH DER GESCHWINDIGKEIT

Wenn ich vorhin gesagt habe, dass uns Norbert immer wieder überrascht, dann gilt das für Fred erst recht. Als der eben reglos am Baumstamm lag – so blass und schlaff wie zu lange gekochtes Gemüse –, da habe ich echt gedacht, ich könnte neben Lulus Kreuz gleich noch ein zweites aufstellen. Und man sollte doch glauben, dass sich so ein

Faultier, wenn es mit Karacho gegen eine Birke prallt, zumindest die Nase bricht, das Knie verrenkt oder sich eine Gehirnerschütterung zuzieht.

Doch Fred? Denkste! Der war hinterher topfit und so begeistert, als wäre er gerade mit seiner Lieblingsachterbahn gefahren. Und dann hat er auch noch »Jau« gesagt, was er von Norbert aufgeschnappt haben muss. Ich hab mal gehört, dass Menschen bei ganz schlimmen Unfällen ihr Gedächtnis verlieren. Bei Fred ist das anders, der lernt dadurch sprechen. Natürlich weiß ich, dass *Jau* gar kein richtiges Wort, sondern nur ein Tierlaut ist. Doch wenn Fred wirklich sprechen *könnte*, dann hätte er bestimmt aus vollem Hals »Noch mal!« gekräht. Man hat an seinem seligen Lächeln gemerkt, dass er sich gar nichts Schöneres vorstellen kann, als auf Norberts Rücken durch die Gegend zu galoppieren. Und vielleicht hat es ihm ja sogar irgendwie Spaß gemacht, durch die Luft zu fliegen und überraschende Bekanntschaft mit einem Baumstamm zu machen – weiß man's?

Ich glaube, es war der Rausch der Geschwindigkeit, der ihn so begeistert hat. Kann man ja auch verstehen – da verbringst du dein ganzes Leben in Superzeitlupe und bist es gewohnt, dass die Welt im Schneckentempo an dir vorbeizieht, und plötzlich, *zosch*, wird unter dir eine Rakete gezündet und ab geht die Post!

»Sag mal *Jau*, mein Kleiner. Komm, ich sprech's dir noch mal vor – *Jaauuuuu!*« Zoe ist fest entschlossen, Fred nicht nur das Laufen, sondern auch das Sprechen beizubringen.

Aber Fred ist gar nicht richtig bei der Sache, weil er gerade versucht, die glatte Stange unseres großen gelben Sonnenschirms raufzuklettern.

»Oder wie wär's mit Pause?« Zoe bewegt überdeutlich ihre Lippen. »Pau-se!«

Auf halber Höhe spitzt Fred die Lippen. »Tüttüt.« Dann rutscht er wieder nach unten.

»Ja, das wissen wir, dass du gut pfeifen kannst«, lobt ihn Zoe, »aber jetzt wollen wir nicht pfeifen, sondern reden.«

Henry schrubbt mit einem Küchenschwamm Norberts Stoßzähne ab, an denen immer noch ein bisschen Erde klebt. »Du glaubst doch nicht im Ernst, dass Fred reden kann.«

»Glaub ich auch nicht, sondern ich *weiß* es«, gibt sie zurück. »Fred hat bisher zwei Wörter gesagt, nämlich *Pause* und *Jau*.«

»Papperlapapp! Also, von Pause hab ich nichts

gehört. Und das Jau klang eher wie ein lang gezogenes Seufzen, als Fred aus seiner Ohnmacht erwacht ist. Wahrscheinlich hat ihm der Schädel gebrummt.«

»Nix papperlapapp. Wenn ein Mammut reden kann, dann kann ja wohl auch ein Faultier …«

»Pap… per…«

Henrys Augenbrauen hüpfen auf die Stirn.

»La…«

Selbst Zoe macht große Augen.

»Pap.«

Erneut wird es still im Garten.

Stiller als still.

Doch diesmal ist niemand verunglückt.

Diesmal hat es uns allen die Sprache verschlagen, weil wir nicht glauben können, was wir da gerade gehört haben. Kann auch sein, dass bei mir eine Schraube locker ist, denn irgendwie habe ich das Gefühl, dass der grüne Rasen und der schlumpfblaue Himmel, die Bäume und Vögel genauso verdattert sind wie wir.

»Pap-per-la-papp«, wiederholt Fred und jetzt gibt es keinen Zweifel mehr, weil er dazu die Lippen bewegt. Seine Stimme klingt hohl und ein bisschen verzerrt, als käme sie tief aus seinem Inneren.

»Ja, Fred, du ... du kannst ja ... du kannst ja wirklich sprechen«, stottere ich. Ich gehe zwei Schritte auf ihn zu und Fred wackelt mir auf seinen Hinterbeinen entgegen. Dann fällt er nach vorne, doch ich fange ihn auf, ehe er mit den Händen den Boden berührt.

»Ich hab's gewusst! Ich hab's gewusst!« Zoe zappelt aufgeregt mit den Armen. »Fred ist der helle Wahnsinn. Dem kann man alles beibringen, wenn man nur lange genug mit ihm übt.«

»Und so lange war das jetzt gar nicht«, wundert sich Henry. »Vielleicht könnten wir den beiden ja zusammen Sprechunterricht geben.« Er tätschelt unserem Mammut den Hinterkopf. »Ich hab manchmal das Gefühl, dass sich Norberts Wortschatz nicht richtig weiterentwickelt.«

»Jau«, grunzt Norbert.

»Genau das meine ich«, sagt Henry mit einem Stöhnen.

»Dann lasst uns gleich mal anfangen.« Ich nehme Fred auf den Arm und setze ihn direkt neben Norbert auf den Boden. »Also passt auf, ihr beiden. Wir probieren jetzt zusammen ein neues Wort. Wie wär's mit ... äh ... Klobürste? Klobürs-te.«

»Ist das nicht ein bisschen schwierig für den Anfang?«, raunt Henry.

»Auch nicht schwieriger als Papperlapapp«, stellt Zoe fest.

Noberts Rüssel fängt an zu tanzen, als wolle er das Wort in die Luft schreiben. Fred spitzt den Mund und wir sind alle total gespannt darauf, wem von den beiden zuerst was über die Lippen kommt.

Norbert und Fred haben jetzt Blickkontakt miteinander. Ganz langsam richtet Fred sich auf, bis er selbstständig auf seinen Hinterbeinen steht. Sie zittern ein wenig unter der Last seines runden Bäuchleins. Dann breitet er die Arme aus, was ihn endgültig aus dem Gleichgewicht zu bringen droht, aber er fällt nicht um.

Durch Norberts gemütliche Kulleraugen huscht ein Glitzern, wie man es sonst nur sieht, wenn er einen ganzen Berg Zitronen vor sich hat.

»Wiederhol das Wort noch mal«, flüstert mir Zoe zu.

Doch ehe ich dazu komme, fährt Norbert seinen Rüssel aus, wickelt ihn wie eine Würgeschlange zweimal um Freds Hüften und hebt ihn auf seinen Rücken. Fred schlingt die Arme um seinen Buckel. Norbert trippelt mit den Vorderbeinen.

»Nein, nein, nicht schon wieder!«, ruft Henry panisch und streckt schützend seine Arme aus. »Norbert, setz Fred sofort ab, sonst – *aaauu-uutsch*!«

Norbert prescht los und trampelt seinem Herrchen dabei voll auf den nackten Fuß.

Übrigens glaube ich wirklich, dass Fred gerade »Klo...« sagen wollte, doch irgendwie ist ihm das Wort im Hals stecken geblieben.

Erneut donnern die beiden durch unseren Garten, aber diesmal nicht im Kreis, sondern kreuz und quer über den Rasen. Norbert schlägt einen Haken nach dem anderen und wirft schnaubend seine Beine nach oben wie ein wild gewordenes Pferd.

Doch Fred lässt sich selbst von den wildesten Bocksprüngen nicht abwerfen, als wäre er ein Cowboy mit zehn Jahren Rodeo-Erfahrung. Und er mag vielleicht ein paar Pfund zu viel auf den Rippen haben, dafür ist er aber extrem biegsam und gelenkig. Ein helles Glucksen dringt aus seiner Kehle, gefolgt von einem scharfen Pfiff, der die Vögel in den Bäumen aufflattern lässt. Freds Lächeln steigert sich zu einer glücklichen Grimasse. Gäbe es dafür eine Skala von eins bis zehn, wäre er jetzt mindestens bei neuneinhalb.

Ich glaube, ich muss das mit dem Lächeln mal erklären. Also, Fred lächelt ja quasi immer, sozusagen von Natur aus, weil ihm das ganze Leben unheimlich Spaß macht. Doch manchmal, wenn er so richtig begeistert von einer Sache ist, dann wandern seine Mundwinkel noch zwei Zentimeter weiter nach oben und seine schwarzen Augen fangen an zu funkeln wie zwei kleine runde Weihnachtskugeln.

Genau wie in diesem Moment, wobei aus den zwei Zentimetern vielleicht sogar drei geworden sind.

Zoe hat ihre Hände in die Hüften gestemmt und verfolgt das wilde Treiben auf unserem Rasen mit nachsichtigem Lächeln. Wir lassen den beiden ihren Spaß und haben auch keine Angst, dass Fred erneut verunglücken könnte. Sollen die beiden sich ruhig richtig austoben. Den Sprechunterricht können wir auch später fortsetzen.

Während Henry in die Küche humpelt, um zwei Trinkschalen mit Wasser zu füllen – eine mit und eine ohne Zitronenscheiben –, verschwindet Zoes Hand in ihrem rosa Stoffbeutel. Sie kramt ein bisschen darin herum, ehe sie einen Stift und die Blätter herauszieht, auf denen wir die Untersuchungsergebnisse notiert haben.

»Hier sind noch zwei Seiten frei«, sagt sie.

»Und was willst du da draufschreiben?«, frage ich.

»Zum Beispiel die Wörter, die Fred schon beherrscht.«

Also, *beherrscht* finde ich ein bisschen übertrieben.

Sie setzt sich an den Terrassentisch und knabbert zur Abwechslung nicht an ihren Haaren, sondern an der Spitze des Kugelschreibers.

FRED - Wortschatz, notiert sie mit einem blauen Fleck auf der Oberlippe. Sie denkt kurz nach, ehe sie darunter eine kleine Tabelle zeichnet. Über der ersten Spalte steht Wörter, über der zweiten Spalte steht Datum und über der dritten Lernfortschritt.

Ich bin echt beeindruckt. Vielleicht wird Zoe ja wirklich mal Ärztin oder Wissenschaftlerin, falls ihr die Sache mit den Raubkatzen im Zirkus doch zu gefährlich ist.

Die erste Spalte ist schnell gefüllt.

Pause

Jau

Papperlapapp

»Was ist eigentlich heute für ein Datum?«, fragt sie.

»Keine Ahnung.«

»Macht nix.«

Hinter jedes Wort, das Fred angeblich beherrscht, schreibt sie: Mittwoch.

Ich denke über Freds Aussprache nach. »Ich finde, das Wort Pause klang doch schon ganz gut.«

»Meinst du echt?«

»Ja, also, für den ersten Versuch.«

»Stimmt eigentlich.« Zoe nickt und trägt in der dritten Spalte des ersten Worts fast flüssig ein.

Hinter Jau notiert sie fein säuberlich perfekt.

»Und was ist mit Papperlapapp?«, fragt sie.

»Also, da hapert's noch gewaltig. Das kann vor allem viel schneller gehen.«

Muss noch geübt werden, schreibt sie in die dritte Spalte.

»Ich finde, wir sollten sehr genau auf seine Aussprache achten«, gebe ich zu bedenken. »Sonst versteht am Ende niemand, was Fred überhaupt sagen will.«

»Na gut, wenn du meinst.« Zoe streicht das Wort perfekt durch und ersetzt es durch befriedigend.

Henry trägt zwei randvolle Trinkschalen auf die Terrasse und humpelt jetzt extrem langsam, damit das Wasser nicht überschwappt. Während er die Schalen an der Rasenkante abstellt, späht er angespannt zu unseren übermütigen Haustieren rüber. Natürlich hat er keine Lust, gleich wieder über den Haufen gerannt zu werden.

Fred und Norbert vergnügen sich im hinteren Teil des Gartens und haben sich ein neues Spiel ausgedacht: Immer, wenn Fred Norbert mit einer Hand aufs Ohr patscht, trampelt der los. Beim nächsten Schlag bleibt Norbert so abrupt stehen, dass Fred fast kopfüber auf den Rasen fliegt, aber nur fast. Wie er sich als Faultier so schnell am Buckel festklammern kann, ist mir echt ein Rätsel.

So geht das immer abwechselnd.

Patsch – Start.

Patsch – Vollbremsung.

Patsch – Start.

Patsch – Vollbremsung.

Henry lässt sich neben uns auf einen Stuhl plumpsen und reibt sich den großen Zeh, der so prall und rot aussieht wie eine reife Erdbeere. »So langsam … aua … mache ich mir echt Sorgen.«

»Das wird schon wieder«, tröstet ihn Zoe.

»Ich meine doch nicht meinen Zeh, sondern Norbert. Der wird immer größer und schwerer.«

»Hast du ihn in letzter Zeit mal gemessen?«, will ich wissen.

Henry nickt bedeutungsschwer. »93 Zentimeter!«

»Ups!«

Also, das hätte ich echt nicht gedacht. Im Februar, nachdem wir ihn im Wald gefunden hatten, war er genau 81 Zentimeter groß. Das haben wir mit einem waagerechten Strich an Henrys Zimmertür markiert.

»Mein Vater hat auch schon gesagt, dass wir aufpassen müssen, dass Norbert nicht zu groß wird«, fügt Henry düster hinzu.

»Wie soll man da denn *aufpassen*?« Zoe wedelt sich mit der Hand vorm Gesicht herum, als wäre Henrys Vater die größte Knalltüte. »Mammut ist eben Mammut.«

»Zwergmammut«, stelle ich richtig. »Und im Internet stand doch, dass Kreta-Zwergmammuts höchstens einen Meter und dreizehn Zentimeter groß werden, das weiß ich noch genau.«

Henry stößt ein unwilliges Mammutschnauben aus. »Einen Meter und dreizehn, das sind ja … ehm …«

»Zwanzig Zentimeter mehr«, hilft ihm Zoe. »Meinst du, das wäre okay für deinen Paps?«

Henry zuckt mit den Schultern und stützt sorgenvoll seinen Kopf in die Hände, als im hinteren Teil des Gartens ein lautes Knacken zu hören ist.

Unsere Köpfe fahren herum.

Norbert und Fred sind vor einer Tanne stehen geblieben und schauen interessiert nach oben. Fred schwenkt einen Arm zur Seite und gibt einen langen melodischen Pfiff von sich: *Tüt-tüt-tüdelüt-tüüüt!*

Ein weiteres Knacken, diesmal noch lauter.

Ein Rascheln in den Zweigen.

Ein erstickter Schrei.

Ein dumpfer Aufprall.

Ein unterdrücktes Fluchen.

Wir schauen uns fragend an. Und obwohl sich unsere Blicke nur ganz kurz begegnen, kann ich jede Menge darin lesen: *Hilfe, ein Einbrecher! Vielleicht ein Mammuträuber! Oder ein Faultierjäger! Wir müssen Fred und Norbert retten!*

Wie auf Kommando springen wir auf und rennen beziehungsweise humpeln los. Und natürlich habe ich dabei ein Bild vor Augen, das ich nie vergessen werde: Otto mit Lederjacke und Wollmütze, der auf mein Fahrrad springt, und Norbert, der im Anhänger sitzt, entführt. Im Zoo war das, vor wenigen Monaten, und es konnte nur passieren, weil wir für einen Moment nicht aufgepasst hatten.

Trampelnde Schritte im Gebüsch. Unser Gartentor quietscht. Norbert stößt einen durchdringenden Trompetenton aus: »Mööööp!«

Das Tor fällt krachend ins Schloss.

»Finn, pass auf!«, ruft Zoe hinter mir, aber ich habe schon die Verfolgung aufgenommen, spurte an Norbert und Fred vorbei, reiße das grüne Gartentor auf und stürme den Kiesweg runter, der sich an unserem Haus entlangzieht. Seltsamerweise habe ich überhaupt keine Angst, sondern fühle mich wie in einem Tunnel aus Wut und Entschlossenheit. Unter meinen Schuhen spritzen die Kiesel auf. In meinen Ohren nichts als mein eigenes Keuchen.

Als ich unsere Auffahrt erreiche, erhasche ich gerade noch einen Blick auf ein paar wehende schwarze Haare. Die Person, der sie gehören, ist schon auf der Straße verschwunden. Ich laufe bis zum Bürgersteig und halte mich schnaufend am Briefkasten fest. Etwa dreißig Meter vor mir rennt ein Mann den Fußweg hinunter. Er hat dünne schwarze Haare, die ihm bis zu den Schultern reichen, und trägt eine Art Tarnanzug mit hässlichen grünen und braunen Flecken. Seine Füße stecken in schwarzen Turnschuhen. Natürlich würde ich gern wissen, wie er von vorne aussieht, doch eigentlich bin ich froh, dass er sich nicht nach mir umdreht.

***

Am Abend liege ich in meinem Bett und kann mal wieder nicht einschlafen. Doch diesmal hat es nichts mit der Backofenwärme zu tun. Zu viele Sachen gehen mir im Kopf herum.

Fred hängt an seiner Vorhangstange und plappert leise vor sich hin. Richtig gelesen! Er *plappert*, das heißt, er wiederholt die Wörter, die er heute gelernt hat. Und es ist noch ein Wort dazugekommen. Genau genommen sind es drei Wörter:

Finn, pass auf!

Die hatte mir Zoe vorhin nachgerufen, als ich hinter dem Typen im Tarnanzug her war. Es dauert zwar immer ein bisschen, doch manchmal muss Fred sie nur ein einziges Mal hören, um sie mit seiner hohlen und verzerrten Stimme nachzusprechen:

Finnnn … paasss … aauuuf.

Klingt echt wie in der Geisterbahn.

Und mit einem hat Zoe vorhin absolut recht gehabt: Fred ist der helle Wahnsinn. Der ist zwar ein Dreizehenfaultier, so viel steht fest. Ich meine, wir können ja wohl noch bis drei zählen. Aber zusätzlich zu seinen ganz normalen Faultierfähigkeiten wie schlafen, chillen und abhängen kann er auf zwei Beinen laufen und Wörter nachsprechen und braucht auch viel weniger Schlaf, als in Zoes Dschungelbuch steht.

Also, entweder müsste man dieses Tierlexikon wegen Verbreitung falscher Tatsachen in die Tonne treten oder es handelt sich bei Fred um eine Art Superfaultier, das noch gar nicht richtig erforscht ist.

Von dem Tarnanzugtypen habe ich meinen Eltern lieber nichts erzählt. Ich will nicht, dass sie sich Sorgen machen – erst recht nicht so kurz vorm Urlaub. Außerdem haben sie schon genug Stress am Hals.

Obwohl das mit dem Stress schon ein bisschen besser geworden ist. Normalerweise haben es meine Eltern morgens immer total eilig. Ich glaube, sie springen schon zackig aus dem Bett, weil sonst die Zeit nicht reicht. Doch heute hat mein Vater in Seelenruhe noch eine zweite Tasse Kaffee getrunken und meine Mutter gleich mal ihren ersten Termin verschoben. »Der läuft mir nicht weg«, hat sie nur gesagt und Fred noch ein bisschen den Bauch gekrault.

Denn Fred, der ist ja so was von gerissen. Weil der nicht die geringste Lust auf zack, zack hat, steckt er einfach alle an mit seiner ewigen guten Laune und seiner Bierruhe. Ob das Wort *Bierruhe* hier passt, weiß ich nicht genau, aber ich hab es neulich mal gelesen und fand es irgendwie lustig. Vielleicht bedeutet es auch, dass meine Eltern viel ruhiger wären, wenn sie mehr Bier trinken würden, keine Ahnung. Fred braucht jedenfalls kein Bier, um ruhig zu werden, das steht fest.

Ich lausche in die Stille des Hauses hinein.

Kein knarzender Fußboden, keine klappernden Türen, keine rauschende Klospülung, nichts.

Nur Fred murmelt leise vor sich hin, als würde er Selbstgespräche führen.

»Fred?«, flüstere ich in Richtung Vorhangstange.

»Finnnn …«, raunt Fred.

Ich bin wie elektrisiert.

»… passss aauuuf.«

Ach, okay, er übt also immer noch seine Lernwörter. Und ich dachte schon …

»Ich bin so froh, dass du da bist«, höre ich mich sagen.

»Papper...la...«

»Nein, wirklich.«

»Papp.«

»Und ich werde auch immer gut auf dich aufpassen, das verspreche ich dir.«

»Plipp ... plapp ... pappi ... lappi.«

»Das Wort macht dir Spaß, oder?«

»Ploppi ... loppi ... lopp.« Er gluckst leise in sich hinein.

»Ach, Fred ... Nur mit dem Urlaub, da müssen wir uns noch was einfallen lassen. Du musst doch irgendwie mit nach Sizilien kommen.«

Fred gibt ein lang gezogenes *Jaauuu* von sich. Es klingt fast wie ein Gähnen.

»Du meinst, du könntest bei Norbert bleiben? Tja, das wäre vielleicht auch eine Möglichkeit.«

Ich denke kurz darüber nach.

»Aber eigentlich will ich dich lieber dabeihaben. Dann kannst du auch gleich Leon kennenlernen, meinen großen Bruder. Der ist gerade in Südtirol, wenn dir das was sagt ... ach, ist ja auch egal. Aber in Sizilien, da wird es dir gefallen. Da ist es total warm, noch wärmer als hier. Da werden wir am

Strand liegen und im Meer baden und ganz viel Eis essen … also, ich zumindest. Und du, du kannst ja währenddessen in den Palmen rumklettern und Kokosnüsse zu uns runterwerfen … du weißt doch, was eine Kokosnuss ist, oder?«

»…«

»Und wenn Leon nicht hinguckt, dann schmeißt du ihm eine Riesenkokosnuss direkt auf die Omme, das wird echt super.«

»…«

»Und weißt du, was ich auch super finde?«

»…«

»Dass wir jetzt zusammen in meinem Zimmer wohnen und du so toll zuhören kannst.«

»…«

»Fred?«

»…«

Okay, jetzt ist er eingenickt, aber ich bin ihm nicht böse deswegen. Auch ein Superfaultier muss mal schlafen. Dabei wollte ich ihm unbedingt noch sagen, dass er sich wegen seines Bäuchleins keine Sorgen machen soll. Das wächst sich bestimmt noch aus. So wie bei Leon: vor zwei Jahren Fettkloß, jetzt Bohnenstange.

Und vor allem wollte ich Fred noch sagen, dass

ich ihn nie, nie, nie wieder hergeben werde und wir jetzt für immer zusammenbleiben. Na ja, dann erzähle ich ihm das eben, wenn er aufwacht. Irgendwie habe ich sowieso das Gefühl, er weiß es schon.

EIN JUCKREIZ HINTER DEM OHR

Am nächsten Morgen werde ich von einem dumpfen Geräusch geweckt. *Ploppi … loppi.*

Und obwohl ich noch halb im Schlaf bin, wundere ich mich gleich, wie fleißig so ein Faultier doch sein kann, dass es in aller Herrgottsfrühe schon Vokabeln übt. Aber dann merke ich, dass sich das Geräusch irgendwie anders anhört, und als ich den

Kopf drehe, sehe ich bloß eine leere Vorhangstange und neben dem Vorhang ein kleines Stückchen Fenster. Immer, wenn ein neuer Regentropfen gegen die Scheibe platscht, macht es *plopp*. Die alten Tropfen schließen sich zusammen und werden zu einem glitzernden Bach, der über das Fensterglas rinnt.

Ich gucke schnell auf meinen Radiowecker. Schon fast zehn Uhr. Darf ja wohl nicht wahr sein.

Etwas erschrocken bin ich schon, dass Fred nicht da ist, aber nur ein bisschen. Das wäre ja die Gemeinheit des Jahrhunderts, wenn ich alles nur geträumt hätte. Man kennt das ja, dass man morgens überglücklich aufwacht, weil man im ersten Moment wirklich glaubt, die Schule wäre abgebrannt oder so. Aber wenn das mit Fred gar nicht wahr wäre, dann hätte ich im Schlaf ja drei Tage am Stück geträumt und so was gibt's doch gar nicht …

Oder doch?

Mit wummerndem Herzen hüpfe ich aus dem Bett, brauche höchstens zwei Sekunden bis zu meiner Zimmertür, die einen Spalt offen steht, und springe die Stufen runter.

»Fred«, rufe ich. »Wo bist du?«

Ich flitze in Richtung Küche, aus der leises Gelächter dringt, und lege auf der Schwelle eine Vollbremsung hin. Eine Welle der Erleichterung schwappt durch mich hindurch, und trotzdem – mit diesem Anblick habe ich nicht gerechnet.

»Hallo, Kleiner!«, ruft Marcel mir fröhlich zu.

Hallo, Blödmann, denke ich und strafe ihn mit Nichtbeachtung. Ich meine, was für bescheucrte Namen muss man sich noch gefallen lassen? Mama nennt mich Krümel und Leon nennt mich Zwerg, aber die gehören jedenfalls zur Familie.

»Ja, so ein Süßer!«, flötet Mia mit Zuckerwattestimme und diesmal meint sie wirklich Fred, der auf ihrem Schoß sitzt und sich mit Schokopops füttern lässt. Gut, dass Zoe das nicht mitkriegt. Eine Diät sieht definitiv anders aus.

Und ein herzlicher Empfang sieht auch anders aus, denke ich grummclig. Fred guckt kein einziges Mal zu mir rüber, sondern zermahlt die runden braunen Dickmacher mit seinen kleinen Zähnen, was ein krachendes Geräusch erzeugt. Dann klappt er sein Maul auf und Mia wirft die nächste Ladung hinein.

Knusper, krumpel.

»Gibt's du mir mal die Nutella?«, fragt Marcel.

Ehe ich protestieren kann, lässt Mia das fast leere Glas über den Tisch schlittern.

»Danke, Schatz.«

Natürlich popelt Marcel mit seinem Messer sofort in der braunen Pampe rum, schmiert sich eine fette Schicht auf sein Mohnbrötchen und kratzt danach die letzten Reste aus *meinem* Glas. Eigentlich ein Wunder, dass er nicht auch noch die Finger zur Hilfe nimmt.

Da mir niemand was zum Frühstück anbietet, schlurfe ich missmutig zum Küchenschrank, nehme eine Schale heraus und schnappe mir die Schokopops aus Mias Händen. Fred schaut mich überrascht an.

»Na schön, weil du's bist.« Ich nehme ein paar Pops zwischen die Finger und werfe sie in seinen gierigen Rachen.

Knusper.

»Daaanke ... Schattzz«, wiederholt Fred mit seiner Geisterstimme.

Die frisch Verknallten prusten los, während Fred den Kopf auf die Seite legt und sich hinter dem Ohr kratzt. Das ist so eine neue Angewohnheit von ihm.

»Also, ich hab ja schon viel erlebt ...« Marcel

wirft seine schwarzen Locken in den Nacken und wischt sich eine Lachträne aus dem Augenwinkel. »Als Mia mir neulich erzählt hat, dass ihr Besuch von einem Faultier bekommen habt, dachte ich erst mal, sie will mich veräppeln.«

Er schwenkt prüfend den Karton mit Orangensaft hin und her, gießt den Rest in sein Glas und schüttelt geduldig die letzten Tropfen heraus.

»Und wenn Mia mir erzählt hätte, dass dieses Faultier auch noch sprechen kann, hätte ich ihr einen Vogel gezeigt.« Er setzt das Glas an die Lippen. *Schlürf.* »Fred ist ja echt filmreif. Also, wir haben schon mit Hunden, Katzen und Pferden gedreht und einmal sogar mit einem dressierten Kamel, das wir von einem Wanderzirkus ausgeliehen ...«

»Musst du heute nicht arbeiten?«, frage ich rasch, um seinen Redestrom zu unterbrechen.

Marcel redet echt viel, wenn der Tag lang ist, und am liebsten über seinen wahnsinnig wichtigen Job bei diesem wahnsinnig wichtigen Filmstudio.

»Die Dreharbeiten beginnen erst heute Nachmittag«, klärt Mia mich auf und verknotet ihre Finger mit denen ihres Filmfuzzis, weil sie jetzt wieder die Hände frei hat.

Fred ist inzwischen auf Wanderschaft gegangen und zockelt kreuz und quer durch das Erdgeschoss. Das ist wirklich kein Vergleich mehr zu dem Fred, der noch vor Kurzem im Schneckentempo über den Fußboden gerobbt ist. Drei Tage ist das erst her, dabei kommt es mir schon wie eine halbe Ewigkeit vor. Zoe hat wirklich ganz Arbeit geleistet und ich frage mich, wohin das noch führen wird.

Wenn Fred noch einen Zahn zulegt, dann kann er beim nächsten Schulsportfest die hundert Meter mitlaufen. Und wenn er noch flüssiger sprechen lernt und seine Stimme etwas weniger gruselig ist, warum sollte er dann nicht beim Weihnachtsspiel als Jesus mitwirken? Die Frisur passt schon mal.

Ich will gerade nachgucken, wo er geblieben ist, da sehe ich ihn ziemlich zackig über den Flur watscheln. Dabei wirft er so heftig seinen Kopf hin und her, dass er sich immer wieder an der Wand abstützen muss, um nicht umzufallen. Schließlich bleibt er an der Haustür stehen und kratzt sich hinter dem Ohr, aber genüsslich sieht das nicht mehr aus – eher so, als würde ihn ein fieser Juckreiz plagen. Dann geht er halb in die Knie und schubbert mit seinem Hinterkopf an der Türklinke.

Ich runzele die Stirn und gehe zu ihm.

»Fred, was hast du denn?«

Er haut sich mit der Hand an den Kopf, dorthin, wo sich unter dem dichten Fell sein linkes Ohr befindet. Sein Lächeln hat einen grimmigen Zug angenommen.

»Ganz ruhig, mein Kleiner, warte mal …« Ich lasse meine Finger durch seine Zotteln gleiten und ertaste sein winziges Ohr.

Fred hält jetzt ganz still und schaut mich aufmerksam an. Hinter der Ohrmuschel ist ein kleiner Knubbel, kaum größer als ein Stecknadelkopf. Vielleicht hat er sich draußen eine Zecke eingefangen, denke ich. Pluto hatte auch mal eine, die wir mit so einer kleinen Zange rausgedreht haben. Ich streiche die Haare zur Seite und gehe mit den Augen ganz nah heran. Das kleine runde Ding ist schwarz und glänzend und sieht aus, als wäre es aus Plastik. Nie im Leben ist das eine Zecke.

»Mia, Marcel, guckt euch das mal an!«

Im nächsten Moment nehmen wir zu dritt Freds Ohr unter die Lupe und verfrachten ihn im übernächsten Moment zurück in die Küche, weil da besseres Licht ist.

»Kein Wunder, dass er so einen Juckreiz hat«,

sagt Mia mitfühlend. »Die Haut um dieses Ding herum ist ganz rot und verschorft. Ich glaube, die hat er sich schon mal aufgekratzt. Armes Kerlchen.«

»Aber was ist das für ein Ding?«, frage ich.

»Wenn mich nicht alles täuscht«, antwortet Marcel nachdenklich, »dann ist das ein Peilsender, genauer gesagt, ein GPS-Tracker.«

»Ein Dschi-Pi-Es-Trecker?« Ich verstehe nur Bahnhof.

»Ein kleines Gerät, das ständig Signale aussendet. Der Empfänger dieser Signale weiß jederzeit, wo Fred sich aufhält.«

»Aber … wie … warum?« Verwirrende Gedanken sausen mir kreuz und quer durch den Kopf.

Hinter Mias Stirn sieht man's arbeiten. »Dann heißt das ja, dass Fred überwacht wird.«

»Das kann man so sagen. Irgendjemand hat offenbar ein Interesse daran zu wissen, wo Fred sich rumtreibt. Es gibt doch auch Leute, die ihre Katzen und Hunde mit solchen Sendern ausstatten, damit ihre Lieblinge nicht verloren gehen können. Die Sender befinden sich dann meistens am Halsband.«

»Aber wenn jemand … wenn jemand nicht will,

dass Fred verloren geht, dann …« Meine Stimme hört sich an wie zermatschter Brei. Mir schießen die Tränen in die Augen. Ich traue mich nicht, diesen Gedanken zu Ende zu denken – und dass Fred »Finnn … passss aauuuf« raunt, macht die Sache auch nicht besser.

Aber natürlich hab ich längst kapiert, was Sache ist. Irgendwo da draußen hat Fred noch ein anderes Herrchen als mich. Einen rechtmäßigen Besitzer, der jederzeit kommen und seinen kleinen Liebling, der sich bestimmt nur verlaufen beziehungsweise verklettert hat, wieder zurück nach Hause holen kann.

Und jetzt heule ich wirklich.

* * *

»Und wenn Fred sich gar nicht verlaufen hat, sondern einfach abgehauen ist?« Zoe zuppelt sich nervös an den Haaren rum.

»Ich glaube, bei Haustieren macht das keinen großen Unterschied«, sage ich traurig.

Wir stehen in unserem Garten, der heute nur ein ödes grünes Rechteck ist. Der Himmel ist nicht mehr schlumpfblau, sondern aschgrau. Kein Sonnenstrahl weit und breit. Die Blätter, die mir neulich noch zugewinkt haben, hängen schlaff an den tropfenden Zweigen.

»Und wenn er nun fies behandelt worden ist? Wer Haustiere schlecht behandelt, der hat kein Recht, mit ihnen zusammenzuleben.« Zoes Augen ziehen sich bei dieser Vorstellung empört zusammen. »Überhaupt kein Recht.«

Ich halte Fred im Arm, der seinen Kopf an meine Brust schmiegt und so fröhlich aussieht wie immer. Das mit dem Juckreiz ist besser geworden, seit Mia die verschorfte Stelle hinter dem Ohr mit Papas Fußpilzcreme eingerieben hat.

Norbert steht neben mir und stupst Fred mit dem Rüssel an. Ich weiß schon, dass er am liebsten eine Runde Rodeo mit ihm spielen würde, aber ich mag Fred heute einfach nicht loslassen.

»Der Mann im Tarnanzug«, beginne ich zögerlich. »Meint ihr nicht, dass der irgendwas mit diesem Überwachungsdings zu tun hat?«

Henry wiegt nachdenklich seinen Kopf hin und her. »Aber warum klettert der dann hier in den Bäumen rum, als wäre er selbst ein Faultier? Das ergibt doch gar keinen Sinn.«

»Stimmt schon.« *Knabber, knacks.* »Wenn so

ein Dschi-Pi-Es einem sagt, wo sich ein Tier gerade aufhält, dann kann man doch auch zu Hause schön gemütlich in der Badewanne liegen.«

»Dschiii ... piii ... ess«, wiederholt Fred und wirft mir einen so stolzen Blick zu, dass es mir fast das Herz bricht.

Ich gucke traurig zu Norbert runter, dessen Rüssel keine Ruhe gibt und Fred jetzt unter den Füßen kitzelt. Da fliegt mir plötzlich ein Gedanke zu, der eine Art Ausweg sein könnte. »Und wenn dieser Mann im Baum, der uns beobachtet hat, gar nichts mit Fred ... sondern mit Norbert zu tun hat?«

»Mit Nobert?«, fragt Henry erschrocken.

»Du sagst doch selbst immer, dass Norbert fast weltberühmt ist. Dass ständig Leute kommen, um ihn anzusehen, sogar aus Amerika. Und was meinst du, wie viele Fernsehzuschauer diesen Film über ihn gesehen haben? Die wissen jetzt alle, dass du ein Mammut bei dir zu Hause hast, wahrscheinlich das einzige Mammut der Welt.«

Henry ist kreidebleich geworden. »Du meinst, dass ihm jemand auflauert?«

»Ich sage ja nicht, dass es so ist«, schränke ich ein, »sondern dass es so sein *könnte*.«

Aus irgendeinem Grund genieße ich es, das Wort *könnte* in die Länge zu ziehen und auf fast fiese Weise zu betonen. Und um zu unterstreichen, in welch großer Gefahr Norbert schweben *könnte*, hebe ich warnend meinen Zeigefinger.

Zugleich bin ich etwas verwirrt, weil mich diese neue Idee regelrecht begeistert, obwohl sie eigentlich nichts Begeisterndes an sich hat. Denn natürlich will ich nie im Leben, dass Norbert irgendwas zustößt. Doch ich halte den Gedanken einfach nicht aus, dass irgendjemand kommen und Fred einfach mitnehmen könnte.

»Wenn du recht hast«, sagt Zoe und zieht ihre Nase kraus, »dann müssen wir diesen Typen überraschen, ehe er uns überrascht.«

»Was meinst du mit überraschen?«, fragt Henry unsicher.

»Wir müssen ihn irgendwie anlocken … ihm eine Falle stellen«, überlegt sie.

»Ich glaube, das wird nicht mehr nötig sein!«, kommt eine dunkle Stimme aus dem Gebüsch.

Mir bleibt schier das Herz stehen vor Schreck.

Ein paar Zweige werden zur Seite gebogen. Das Erste, was ich sehe, sind zwei schwarze Turnschuhe. Dann duckt sich ein schwarzhaariger Mann unter einem Ast hindurch, richtet sich zu seiner vollen Größe auf und wirft Fred einen begierigen Blick zu.

Obwohl er heute keinen Tarnanzug trägt, erkenne ich den Mann sofort. Er fährt sich mit der Zunge über die Lippen und lächelt uns an.

Noch nie habe ich so ein bedrohliches Lächeln gesehen.

Es ist das Lächeln einer Katze, bevor sie die Maus frisst.

ARTURO

»Ja, wen haben wir denn da?«

Der Mann macht zwei Schritte auf mich zu und streckt seinen gekrümmten Zeigefinger nach Fred aus, als wolle er ihn zu sich locken. Fred dreht den Kopf in seine Richtung und pfeift eine kleine Melodie: *Tüt-tüt-tüdelüt-tüüüt!*

Sie klingt ganz so, als würde er ihn wiedererkennen.

Ich drücke Fred fester an mich.

»Den kleinen Arturo«, beantwortet der Mann seine eigene Frage und klatscht vor Freude in die Hände.

»Arturo???«, fragen wir wie aus einem Mund.

»Arturo!«, bestätigt der Mann mit hörbarem Stolz in der Stimme. »Das intelligenteste und lernfähigste Faultier, das mir in meiner langen Forscherkarriere je untergekommen ist.«

»Wer sind Sie überhaupt?«, platzt es aus Zoe heraus.

»Oh, ich bitte vielmals um Entschuldigung«, antwortet er mit übertriebener Höflichkeit. »Mein Name ist Stockmann … Gernot Stockmann … äh, Dr. Gernot Stockmann.«

Er macht eine kleine Verbeugung, wobei ihm seine schulterlangen Haare wie eine Gardine vors Gesicht fallen.

»Und Sie sind Faultier-Doktor?« Auch Henry hat seine Sprache wiedergefunden.

Stockmann wirft ihm einen fragenden Blick zu. Dann prustet er plötzlich los, das heißt, seine schmalen Schultern hüpfen auf und ab, während er grunzt wie ein Wildschwein, dem man gerade einen Witz erzählt hat.

»Faultier-Doktor, so kann man es auch sagen«,

bestätigt er, nachdem er fertig gegrunzt hat. »Ja, ich bin ein Doktor, also ein Wissenschaftler, der sein Leben in den Dienst dieser einmaligen Kreaturen gestellt hat. Und wie ihr sicher schon bemerkt habt, ist Arturo ein ganz besonderes ...«

»Fred«, unterbricht ihn Zoe, »wir nennen ihn Fred.« Ihre Stimme klingt klar und fest und ich frage mich, woher sie den Mut nimmt, diesem seltsamen Typen einfach über den Mund zu fahren.

Erneutes Wildschweingrunzen, diesmal ein bisschen leiser.

»Fred? Ach, wie putzig. Nun ja, Arturo ist natürlich intelligent genug, um sich einen zweiten Namen merken zu können. Ich habe ihn letztes Jahr auf einer Forschungsreise in Costa Rica entdeckt und er schien mir gleich wie geschaffen für mein kleines Experiment zu sein.«

Stockmann schaut Fred erwartungsvoll an und geht einen weiteren Schritt auf ihn zu, sodass er nur noch eine Armlänge von uns entfernt ist.

»War gar nicht so leicht, den kleinen Racker einzufangen«, fährt er fort. »Ich musste selbst in die Krone eines Mammutbaums klettern und ihn dort runterholen.«

Plötzlich löst Fred eine Krallenhand von meinem Rücken und bewegt sie auf Stockmanns Gesicht zu, als wolle er ihm die Wange streicheln. Ich presse die Lippen zusammen und versuche, meine Tränen zurückzuhalten. *Nein, Fred, bitte nicht*, flehe ich im Stillen, denn eines weiß ich genau: Wenn er jetzt von meinem auf Stockmanns Arm wechselt, dann werde ich ihn für immer verloren haben.

Stockmann streckt ihm lächelnd die Arme entgegen, um Fred in Empfang zu nehmen.

Doch plötzlich …

»Aua!« Stockmann schreit auf und fasst sich ungläubig an die Nase. »Was, zum Teufel …?«

Zoe kichert los, hält sich aber sofort den Mund zu.

Fred zieht pfeifend seine Hand zurück und schmiegt sich wieder an mich. Dann wirft er mir einen verschmitzten Blick zu, der sagt: *Du hast doch nicht ernsthaft geglaubt, dass ich dich verlasse?*

Ach Fred, natürlich nicht, denke ich erleichtert. *Wir bleiben doch für immer zusammen.*

Henry streicht sich mit einer Hand über seine runtergeklappte Kinnlade. Vielleicht denkt er darüber nach, dass Fred auch ihn schon mal in die Nase gekniffen hat.

Stockmanns Gesicht hat sich verhärtet. Auf seinem rechten Nasenflügel zeigt sich ein winziger roter Blutstropfen. Und jetzt haben wir auch den Beweis, dass sich dieser Faultier-Doktor bei uns nur einschmeicheln wollte, denn auf einmal ist seine schleimige Freundlichkeit wie weggeblasen.

»Da sieht man mal«, presst er mit mühsam beherrschtem Zorn hervor, »dass ihr überhaupt nicht in der Lage seid, euch verantwortungsvoll um ein so sensibles Wesen zu kümmern. Denn Arturo war immer ein äußerst sanftmütiges Faultier, das niemals eine Spur von Aggressivität gezeigt hat.« Er zückt ein Stofftaschentuch und drückt es sich auf die Nase.

»Also, bei uns war er immer ganz friedlich«, versichere ich.

Auf dem Taschentuch ist ein kleines rotes Pünktchen zu sehen, nicht größer als dieses Dschi-Pi-Es-Dings. Stockmann starrt das Pünktchen so entsetzt an, als wäre sein ganzes Taschentuch von Blut durchtränkt.

»Seht ihr!«, ruft er anklagend. »Jetzt bin ich verletzt und das ist eure Schuld!«

Er legt seinen Unterarm an die Stirn und glotzt auf seine Schuhe. Für einen Moment schwankt er leicht hin und her.

»Ist Ihnen schlecht?«, erkundigt sich Zoe.

»Ich kann kein Blut sehen«, murmelt er.

Als er den Kopf hebt, ist sein Gesicht ziemlich blass, doch sein Blick umso finsterer geworden.

»Ihr habt ihn aggressiv gemacht, weil ihr dachtet, ihr könntet ihn dressieren«, sagt er mit schneidender Stimme. »Weil ihr dachtet, ihr könntet ihm das Gehen und das Sprechen beibringen. Doch lasst euch gesagt sein, dass Faultiere zwar äußerst intelligent sind, sich aber niemals dressieren lassen. Niemals!«

»Niie...maals«, wiederholt Fred mit seiner Gruselstimme.

»Jau«, mischt sich Norbert ein.

Fred lässt ein »Daaanke … Schattzz« folgen.

Stockmanns Augen flitzen zwischen den beiden hin und her wie zwei rasende Tischtennisbälle. Er sieht nicht nur verblüfft, sondern regelrecht geschockt aus. »Das ist ja …«

Wir alle warten gespannt darauf, wie der Satz weitergeht, aber da kommt nichts mehr. Dem Faultier-Doktor hat es die Sprache verschlagen.

»… außerordentlich.«

Na endlich.

»Ganz außerordentlich«, wiederholt er und schüttelt ungläubig den Kopf. »Und das habt ihr ihm alles beigebracht?«

»Fred kann noch viel mehr sagen«, erklärt Henry stolz. »Er kann *Pause* und *Jau* – das hat er von Norbert gelernt – und *Papperlapapp* und *Dschi-Pi-Es.*«

»Ein sprechendes Faultier«, murmelt Stockmann vor sich hin. »Das ist eine Sensation, eine Weltsensation …«

»Sie haben da vorhin was von einem Experiment gesagt«, erinnert ihn Zoe. »Was ist das für ein Experiment?«

Stockmann räuspert sich und nimmt Haltung an. »Bei diesem Experiment geht es darum, das Verhalten von Dreizehenfaultieren im Umgang mit Menschen zu erforschen.« Er guckt uns der Reihe nach an und sieht wieder ein kleines bisschen freundlicher aus. »Jetzt fragt ihr euch natürlich, was ein Dreizehenfaultier ist.«

»Wissen wir«, antwortet Henry. »Dreizehenfaultiere haben vorne und hinten jeweils drei Zehen mit Krallen dran. Zweizehenfaultiere haben vorne zwei, hinten drei.«

»Äh, ja, im Prinzip ... ist das richtig«, murmelt Stockmann irritiert und richtet seinen Blick in die Ferne. »Von dem Experiment erhoffe ich mir – ach, was sage ich, erhoffen sich Wissenschaftler in der ganzen Welt – neue Erkenntnisse darüber, wie sich Dreizehenfaultiere an eine Umgebung anpassen, die nicht ihrem natürlichen Lebensraum entspricht.«

Im Gegensatz zu mir hat Zoe anscheinend schon kapiert, wovon er redet. Jedenfalls rammt sie sich empört die Hände in die Hüften. »Und da haben Sie gedacht ...«

»Da hab ich mir gedacht, versuch's doch mal mit diesen drei unschuldigen Kindern hier. Die werden schon keinen Schaden anrichten.«

So langsam dämmert mir, was er meint. »Sie haben Fred absichtlich hier ausgesetzt?«, frage ich mit einem Kloß im Hals.

»Und uns als Ihre Versuchskaninchen missbraucht?«, blafft Zoe ihn an.

»Ganz genau«, antwortet Stockmann mit bösem Lächeln. »Nur leider habe ich mich sehr getäuscht, als ich dachte, ihr würdet keinen Schaden anrichten. Denn ihr habt Arturo jetzt schon extrem geschadet.«

»Wir haben uns die ganze Zeit gut um ihn gekümmert!«, verteidige ich mich und spüre eine brodelnde Wut in mir aufsteigen. Dass wir Fred extrem geschadet haben sollen, ist der gemeinste und ungerechteste Vorwurf, den ich in meinem ganzen Leben gehört habe. Die Wut schießt in mir hoch und kocht über – wie Milch in einem Topf, der zu lange auf dem Herd gestanden hat. Dieser aufgeblasene Dschungeldoktor soll ja nicht glauben, dass er uns einschüchtern kann, denke ich wütend und plötzlich bricht alles aus mir heraus:

»Niemand auf der ganzen Welt kümmert sich besser um Fred als wir!«, brülle ich. »Wir waren von Anfang an für ihn da und haben alles getan, damit er sich wohlfühlt! Ich hab ihn die ganze Zeit mit mir rumgetragen und das hat ihm so gut gefallen, dass er mich gar nicht mehr loslassen wollte. Von vorne bis hinten haben wir ihn verwöhnt, und zwar rund um die Uhr, sodass Norbert schon ganz eifersüchtig wurde. Aber dann haben sich die beiden angefreundet und jetzt sind sie die dicksten Kumpel geworden, ein Herz und eine Seele – jawohl! Und Sie haben überhaupt keine Ahnung, wie viel Spaß Fred hat, wenn er auf Norberts Rücken reitet! Außerdem haben wir ihn gründlich untersucht, um zu sehen, ob er ganz gesund ist, und Mia hat die juckende Stelle hinter seinem Ohr mit Salbe eingerieben und die juckt sowieso nur, weil Sie da ihr blödes Überwachungs-Dings angebracht haben! Und auch wenn Sie das nicht hören wollen, aber Fred ist hier total glücklich, denn dies ist sein Zuhause und wir sind seine Familie!«

Nach dem letzten Wort stampfe ich mit dem Fuß auf. Meine Augen glühen und mein Kopf fühlt sich so heiß an, als würde er jeden Moment explodieren.

Für einen Moment ist es mucksmäuschenstill.

Als Stockmann schließlich seine Stimme erhebt, ist sie so kalt wie das Packeis in der Antarktis.

»Ihr habt aus ihm ein Wesen gemacht, das gar kein richtiges Faultier mehr ist!«, knurrt er. »Denn diese Versuche, ihm das Gehen beizubringen, sind völlig unverantwortlich. Das hält die Wirbelsäule eines Faultiers gar nicht aus. Faultiere können kriechen und klettern, aber nicht laufen«, stellt Stockmann kategorisch fest. »Aber davon versteht ihr nichts, weil ihr nicht die geringste Ahnung habt, wie man mit einem Faultier umgehen muss und was so ein Faultier wirklich braucht.«

Er macht einen bedrohlichen Schritt auf mich zu.

Seine Augen werden zu bösartigen kleinen Schlitzen mit winzigen schwarzen Pupillen drin.

»Deshalb sehe ich mich gezwungen, mein Experiment sofort zu beenden. Ich hätte euch Arturo ja gern noch ein bisschen dagelassen, aber diese Möglichkeit habt ihr euch selbst kaputt gemacht.«

Ehe ich reagieren kann, springt er auf Fred zu und will ihn an sich reißen. Ich drehe mich blitzschnell zur Seite, um ihn zu schützen, doch durch die schnelle Drehung flutscht mir Fred aus den Armen und purzelt kopfüber auf den Rasen.

Zoe stößt einen spitzen Schrei aus.

Fred überschlägt sich einmal, kommt auf die Beine und watschelt los.

»Um Gottes willen, sein Rücken!«, ruft Stockmann erschrocken und will ihn sich schnappen, doch Norbert macht im selben Moment einen riesen Satz auf ihn zu. Stockmann prallt mit Norbert zusammen, fliegt über seinen breiten Rücken hinweg und landet der Länge nach auf dem Rasen.

»Arturo, bleib stehen!«, ruft Stockmann im Liegen. Dann rappelt er sich wütend auf und läuft hinter Fred her.

Aus Norberts Kehle kommt ein tiefes Grummeln, eine merkwürdige Mischung aus dem Grunzen eines Wildschweins und dem Knurren eines Schäferhunds.

Ich spiele mit dem verzweifelten Gedanken, Stockmann hinterherzurennen, ihm ein Bein zu stellen oder ihn umzureißen, doch in diesem Moment hat der Faultierdoktor Fred bereits gepackt und ihn zu sich hochgerissen. Seine Arme umschließen ihn so fest, dass Fred sich kaum noch bewegen kann.

Mit grimmigem Lächeln stapft er uns entgegen. Es ist das Lächeln einer Katze, der die Mäuse lange genug auf der Nase herumgetanzt haben.

»Jetzt reicht es mir endgültig mit euch!«, keucht er. »Ich kann Arturo den Gefahren, die ihm hier drohen, nicht länger aussetzen. Arturo braucht dringend Ruhe, sonst steht seine Gesundheit, vielleicht sogar sein Leben auf dem Spiel. Zwanzig Stunden Schlaf sind das Mindeste, was er jetzt braucht, um sich zu erholen.«

»Zwanzig Stunden?«, platzt es aus mir heraus. »So lange hat Fred noch nie geschlafen.«

»Ach nein?« Stockmann wirft mir einen spöttischen Blick zu. »Wie lange habt ihr ihn denn wach gehalten, um eure kindischen Experimente mit ihm anzustellen?«

»Wir haben ihn gar nicht wach gehalten«, antworte ich verzweifelt. »Am Anfang hat er ziemlich viel geschlafen, aber dann war er immer länger wach, ohne dass wir etwas dafür …«

»Genug davon!«

Stockmann schneidet mir mit einer Handbewegung das Wort ab.

»Es ist offensichtlich, dass ihr Arturo zu einem Verhalten anstachelt, das nicht gut für ihn ist.«

Er macht eine kurze Pause und richtet seinen Blick in die Ferne.

»Dieses Nachsprechen von Wörtern ist allerdings ein hochinteressantes Phänomen, etwas Außergewöhnliches und noch nie Dagewesenes. Ein Phänomen, das ich umgehend erforschen werde, aber mit *meinen* Methoden, nicht mit *euren.*«

Plötzlich ist sein schleimiges Lächeln von vorhin wieder da.

»Ich danke euch für eure Mühe. Ihr konntet es ja nicht besser wissen, doch jetzt ist es höchste Zeit, dass *ich* wieder die Verantwortung für Arturos Gesundheit und seine Entwicklung übernehme – möglicherweise wird er schon bald das berühmteste Faultier der Welt sein und dann werdet *auch ihr* euren Anteil an seinem Ruhm haben«, fügt er feierlich hinzu.

Er macht auf dem Absatz kehrt und stiefelt mit großen Schritten davon. Nicht mal einen Abschiedsblick kann ich Fred zuwerfen, weil Stockmann ihn unter seinen Armen begraben hat.

Das Krachen der Gartentür dröhnt in meinen Ohren.

Dann sind die beiden verschwunden.

DER BESUCH

Wir sind am Boden zerstört. Dass plötzlich so ein Dschungeldoktor auftaucht und uns Fred vor der Nase wegschnappt, damit hat keiner von uns gerechnet. Und jetzt weiß ich auch, was ich vor vier Tagen noch nicht wusste: Wenn dein Haustier plötzlich stirbt, geht für dich die Welt unter. Aber wenn dir dein Haustier einfach weggenommen wird, ist das fast noch schlimmer.

Als der erste Schock vorbei ist, werden wir stinkwütend. Quasseln uns die Köpfe heiß, ob es irgendeine Möglichkeit gibt, Fred zurückzuerobern. Ich meine, bei Norbert haben wir das doch auch geschafft, damals, als der verrückte Otto ihn in seine Waldbaracke entführt hatte.

Dann macht es plötzlich *pling* in meinem Kopf – also, nicht in echt, sondern nur in meiner Vorstellung –, weil mal wieder so ein Blitz durch meinen Geist zuckt, der alles schlagartig klarer und heller macht. Ein echter Geistesblitz eben.

Ich hab ja schon öfter erzählt, dass Fred manchmal diesen funkelnden Weihnachtskugelblick draufhat. Und als mir einfällt, wessen Augen genauso funkeln, weiß ich auch sofort, wer uns jetzt am besten helfen kann: Granny Scarlett, Henrys Oma!

Warum ist Henry da eigentlich nicht selbst draufgekommen?

* * *

»Oh, wie außerordentlich wunderbar, euch zu sehen!«, sagt Granny Scarlett mit ihrer knarzigen Stimme. »Immer hereinspaziert, die jungen Herrschaften.«

Obwohl sie ja nur *Henrys* Oma ist, sagen wir

alle Granny Scarlett zu ihr und werden der Reihe nach gedrückt, geherzt und gebusselt.

»Ja, da ist ja die liebe Zoe, was für eine Freude!«

Zoe scheint fast ein wenig verlegen zu sein. »Ich freu mich auch, Sie, äh, dich …« Der Rest geht in der Umarmung und dem gurgelnden Lachen der Granny unter, das klingt, als würde der letzte Rest Badewasser im Abfluss verschwinden.

»Henry Louis Edward, komm her, mein Junge!«

Die Granny ist die einzige Person auf der Welt, die Henry mit all seinen englischen Vornamen anspricht. »Wie lautet das Motto der MacFarlanes?«

»This I'll defend!«, antwortet Henry voller Stolz.

»Das werde ich verteidigen!«, übersetzt die Granny, während sie ihn an beiden Schultern festhält.

Falls ich das noch nicht erwähnt habe – Henrys Vater ist halber Engländer und Henry ein viertel und das mit dem Familienmotto ist so ein seltsames Begrüßungsritual zwischen den beiden. Granny Scarlett kommt aus England, aber seit Kurzem wohnt sie hier bei Henry in der Nähe. Ich glaube, sie will aufpassen, dass Norbert auch wirklich bei

Henry bleiben darf und nicht doch noch an den Zoo verkauft wird oder so. Henrys Eltern mögen Haustiere nämlich gar nicht. Trotzdem hat es die Granny irgendwie geschafft, sie zu überreden, Norbert bei sich aufzunehmen.

»Und da ist ja auch der gute Norbert!«, ruft die Granny. »Wie prächtig er sich entwickelt hat!«

Es folgt das nächste Begrüßungsritual. Sie beugt sich zu Norbert hinunter, nimmt seinen dicken Kopf in beide Hände und schaut ihn durchdringend an. Ein funkelnder grüner Blick trifft auf gemütliche braune Augen. Ganz langsam hebt sich Norberts Rüssel und fährt behutsam über ihr Gesicht. Die Granny schließt die Augen. Der Rüssel streicht ihr über Kinn und Wangen, wandert hoch zur Stirn, wo er sich kurz festsaugt, und schwenkt über ihre grauen Locken hinweg.

»Das kitzelt«, brummt sie, als Norberts Rüsselspitze kurz in ihrem Ohr verschwindet.

Dann schlappt der Rüssel zur Seite, worauf Norbert ein zufriedenes »Jau« von sich gibt.

Dann bin ich an der Reihe.

»Und mein alter Freund Finn!«

»Hallo, Granny Scar…«

Mehr kriege auch ich nicht über die Lippen.

Mann, die kann vielleicht drücken. Und sie riecht gut, die Granny. Nach Vanilleseife oder so.

»Ich hab Scones gebacken!«, verkündet sie und marschiert voraus ins Wohnzimmer. »Gut, dass mich Henry gleich heute Morgen angerufen hat. So konnte ich mich ein bisschen auf euren Besuch vorbereiten. Jetzt gibt's erst mal was zwischen die Rippen und dann erzählt ihr mir in Ruhe, was ihr auf dem Herzen habt. Ich platze nämlich schon vor Neugier!«

Mehrere Tassen Früchtetee und unzählige Sahnecreme-Marmeladen-Küchlein später haben wir unseren Bericht beendet. Und auch wenn er manchmal ein bisschen chaotisch war, glaube ich, dass wir nichts Wesentliches vergessen haben.

Als ich am Ende erzählt habe, wie Stockmann Fred an sich gedrückt und Fred fast keine Luft mehr gekriegt hat, ist mir beinahe die Stimme weggeblieben, das heißt, sie hat sich plötzlich so knarzig und heiser angehört wie die von Granny Scarlett.

»Ja, und jetzt«, krächze ich zum Abschluss, »jetzt weiß ich ... also, wissen *wir* gar nicht, wie wir Fred zurückholen sollen. Ich meine, bei uns geht es ihm doch am besten, aber eigentlich gehört er ja … diesem Stockmann … oder?«

Ich schlucke meine Tränen runter.

Dann wird es ziemlich still.

Eigentlich bin ich ganz froh über Norberts Grunzen und Schmatzen, weil es sonst geradezu unheimlich still wäre.

Die Granny denkt lange nach und wir warten geduldig, bis sie zu Ende gedacht hat.

So geht das eine Weile.

Grunz, schmatz, schnauf.

Warten.

Stille.

Henry leckt sich verstohlen ein bisschen Sahne von den Fingern.

Als die Granny den Mund öffnet, spricht sie sehr langsam, als wäre sie mit dem Nachdenken noch nicht ganz fertig: »Wundert mich gar nicht, dass schon wieder ein Tier zu euch gekommen ist.«

»Also, Norbert, der ist ja eigentlich nicht zu uns gekommen«, stellt Henry richtig. »Den haben wir im Wald *gefunden.*«

»Das stimmt schon, mein Junge.« Sie nippt an ihrem Tee. »Aber vielleicht war Norbert ja schlau genug … sich von euch finden zu lassen.«

Hm. Ich gucke zweifelnd zu Norbert rüber. Ich meine, der ist schon ziemlich schlau und hat manchmal echt überraschende Einfälle, aber dass ein tiefgefrorenes Zwergmammut in einem Blätterhaufen zu so etwas in der Lage sein sollte, das kann ich mir echt nicht vorstellen.

»Tiere wissen meiner Erfahrung nach sehr genau, wer es gut mit ihnen meint und wem sie vertrauen können«, fährt die Granny fort. »Wir Menschen glauben natürlich, dass *wir* uns die Tiere aussuchen, dabei ist es oft umgekehrt: Die Tiere suchen sich die Menschen aus, mit denen sie zusammen sein wollen.«

»Du meinst, dass Fred sich uns ausgesucht hat?«, fragt Zoe erstaunt.

»Davon bin ich felsenfest überzeugt.«

»Aber Stockmann hat ihn doch bei Finn im Garten ausgesetzt«, wendet Henry ein. »Da konnte Fred gar nicht anders, als zu uns in die Küche zu kommen.«

»Also, erstens *musste* Fred ja gar nicht zu euch in die Küche kommen, sondern hätte auch draußen auf dem Baum bleiben können.«

Stimmt auch wieder.

»Und zweitens«, fährt Granny Scarlett fort,

»hätte er ja nicht bei euch bleiben müssen, zumal er sich als Erstes die Füße verbrannt hat und bestimmt große Schmerzen hatte. Also, da muss sich ein fremdes Tier schon sehr wohlfühlen, dass es nicht gleich Reißaus nimmt.«

So hab ich das noch nie betrachtet, aber in diesem Moment bin ich fest davon überzeugt, dass sie recht hat. Felsenfest sozusagen. Denn Fred hat sich von Anfang an wie zu Hause bei uns gefühlt – und ich mich bei ihm, denke ich traurig.

»Aber vor allen Dingen …«, betont sie mit funkelndem Blick und streckt ihren Rücken. »Vor allen Dingen solltet ihr euch fragen, warum sich Fred bei euch so großartig entwickelt hat, dass selbst dieser Stockmeier …«

»Stockmann«, verbessert Henry.

»Dass selbst dieser Stockmann, der ja angeblich Faultierforscher ist und sich bestens mit Faultieren auskennt, gar nicht glauben konnte, was ihr Fred alles beigebracht habt.«

»Zoe hat wirklich oft mit ihm Laufen geübt«, erkläre ich. »Aber ganz viele Sachen hat er sich auch alleine beigebracht, das mit den Wörtern zum Beispiel. Da hat Fred immer selbst entschieden, welche er nachsprechen will.«

»Und das hat er alles getan, weil er sich bei euch so wohlgefühlt hat!«, wiederholt die Granny. »Da kann dieser Speckmann …«

»Stockmann«, korrigiert Zoe.

»Da kann dieser Stockmann behaupten, was er will. Dass ihr Fred angeblich Schaden zugefügt und euch verantwortungslos benommen habt. Einfach lächerlich!«

Bei dem Wort *lächerlich* haut sie so heftig auf den Tisch, dass die Teetassen klirren. In der Granny schlummert auch ein Vulkan, denke ich beeindruckt. Und irgendwie macht mir das neuen Mut.

»Wenn sich hier jemand verantwortungslos benimmt, dann doch *er*«, fährt sie fort und schüttelt zornig ihre grauen Locken. »Aber die meisten Menschen halten sich ja für unheimlich klug und glauben, dass sie den Tieren überlegen sind. Dabei können wir alle viel von Tieren lernen.«

»Auch von Faultieren?«, frage ich.

»Gerade von Faultieren!«, bestätigt sie. »Das Ganze fängt schon beim Namen an. Wir Menschen nennen diese bezaubernden Lebewesen *Faultiere*, nur weil sie sich langsamer bewegen als wir. Was für eine Unverschämtheit! Denn sie tun das nicht aus Faulheit, sondern aus Klugheit.«

»Weil sie keine Lust auf Stress haben?«, frage ich.

»Tja …« Die Granny spitzt nachdenklich den Mund. »Ich würde vielleicht eher sagen, weil sie ihre Energie im Gegensatz zu uns nicht verschwenden, sondern sie sich so klug einteilen, dass sie sehr lange vorhält. Außerdem können sich Faultiere in den Bäumen viel besser vor ihren Feinden schützen, wenn sie sich dort möglichst wenig bewegen und nicht so auffallen.«

Ich bin echt baff, was die Granny alles über Faultiere weiß.

»Und was diesen Speckmeier angeht …«

»Stockmann«, sage ich schnell, um den anderen zuvorzukommen.

»Ich weiß schon.« Die Granny lächelt mich verschmitzt an. »Wollte euch nur eine kleine Freude machen.«

Also echt.

»Ehrlich gesagt könnten wir diesen unsympathischen Herrn wegen Hausfriedensbruchs anzeigen.«

»Hausfriedenswas?«, fragt Henry.

»Hausfriedensbruch. Der hat sich ohne Erlaubnis auf eurem Grundstück aufgehalten, Finn. So etwas ist strafbar.« Sie denkt nach. »Andererseits wollen wir ihn ja nicht unnötig provozieren, sonst schaltet er auf stur und wird Fred auf keinen Fall wieder hergeben.«

»Und Fred stammt doch eigentlich aus Costa Rica«, wirft Zoe ein. »Stockmann hat jedenfalls gesagt, dass er ihn da selbst von einem Baum runtergeholt und einfach mitgenommen hat. Ich meine, *darf* der das einfach so?«

Auch Zoes innerer Vulkan fängt wieder an zu rauchen.

»Fred muss doch im Urwald eine Familie gehabt haben … eine Tierfamilie«, fügt sie traurig hinzu.

Mir wird ganz anders bei dem Gedanken, dass Freds Mama und Papa, seine Brüder und Schwestern, all seine Cousins und Cousinen vielleicht immer noch den Urwald in Costa Rica nach ihm absuchen oder ratlos an irgendwelchen Ästen hängen und sich fragen, wo Fred nur geblieben ist.

»Das ist eine interessante Frage.« Die Granny wiegt ihren Kopf hin und her. »Man kann natürlich anzweifeln, ob Fred jetzt diesem Faultierforscher gehört.«

Eben.

»Vielleicht hat er ja auch gelogen und Fred ganz anders in seinen Besitz gebracht.«

Es tut so gut, mit der Granny zu reden, denke ich. An diese Möglichkeit hatte ich noch gar nicht gedacht.

»Aber können wir deshalb behaupten, dass er jetzt *euch* gehört und bei *Finn* wohnen darf?«

Mir rutscht das Herz in die Hose und ich spüre, dass ich der Granny einen tieftraurigen Hundeblick zuwerfe.

»Deshalb brauchen wir einen guten Plan«, fährt sie eindringlich fort und sieht mich aufmunternd an. »Einen Schlachtplan.« Mit diesen Worten versinkt sie in ein tiefes Grübeln, das heißt, sie kneift die Augen zusammen und murmelt vor sich hin, während wir ehrfürchtig schweigen.

EIN BILDSCHIRM VOLLER FAULTIERE

»Wie lange dauert das denn noch?«, fragt Zoe ungeduldig.

»Ist gleich so weit«, beruhigt sie Henry und zuckt entschuldigend mit den Schultern.

Wir stehen in Henrys Zimmer und glotzen angestrengt auf den Bildschirm seines Computers, der immer noch schwarz ist.

Vor fünf Monaten haben wir auch hier gestanden, um rauszukriegen, wo Mammuts eigentlich herkommen.

Doch jetzt wollen wir wissen, wo dieser Stockmann eigentlich herkommt und wo Fred sich jetzt aufhält. Das ist erst mal das Wichtigste, hat die Granny gesagt.

Weiße Zahlen flitzen über den Bildschirm, Henry haut auf irgendeinen Knopf und klatscht kurz darauf zufrieden in die Hände. »Okay, wir sind drin!«

»Was für einen Suchbegriff wollen wir eingeben?«, fragt er.

»Einfach Stockmann und Faultier, dann sehen wir schon«, antwortet Zoe.

Im nächsten Moment ist der ganze Schirm voller Faultiere, die an Ästen hängen oder über den Boden kriechen, die Blätter mampfen, sich ihre Krallen in den Mund stecken oder beim Schaukeln auf dem Bauch ihrer Mamas oder Papas sitzen.

»Sind die niedlich!«, ruft Zoe begeistert und ich weiß nicht, ob sie die Dschungelbilder oder die Spaßfotos meint, auf denen kleine Faultiere in Kaffeetassen sitzen oder Weihnachtsmützen aufhaben – wahrscheinlich alle zusammen.

Doch es gibt auch Bilder, die ganz und gar nicht niedlich sind.

»Das ist er!«, sage ich und zeige auf ein Foto, das Stockmann in seinem Tarnanzug zeigt.

»Da auch«, ergänzt Henry und deutet auf ein Bild am unteren Rand.

Wir vergrößern die Bilder nacheinander. Auf dem Foto mit Tarnanzug steht Stockmann mitten im Dschungel, jedenfalls ist er eingerahmt von grünen Blättern und zeigt mit einem Fernglas vielsagend in die Krone eines Baumes. Wenn man ganz genau hinguckt, kann man da oben ein Tier erahnen, vielleicht sogar ein Faultier, doch ehrlich gesagt könnte es auch bloß ein knubbeliger Ast sein.

Auf dem anderen Foto sitzt Stockmann hinter einem riesigen Schreibtisch aus dunklem Holz. An der Wand über seinem Kopf hängen ein Faultierplakat sowie das gemalte Porträt eines traurig dreinblickenden Mannes mit weißer Perücke, der aussieht, als wäre er schon mindestens fünfhundert Jahre tot.

Stockmann hat sich seine Haare hinter die Ohren geklemmt, macht sich Notizen und blinzelt dabei in die Kamera.

»Wartet mal, ich glaube, ich hab hier die richtige Seite«, sagt Henry. Es macht zweimal klick, dann baut sich vor unseren Augen das Foto eines roten Backsteingebäudes auf. *Carl-von-Linné-Institut für angewandte Faultierforschung*, steht über dem Eingang.

Mein Herz beginnt heftig zu wummern. »Meinst du, dass Stockmann da arbeitet ... und dass Fred da drin ist?«

»Schon möglich«, murmelt Henry. Er klickt auf *Allgemeine Informationen* und liest laut vor:

»Das Carl-von-Linné-Institut für angewandte Faultierforschung unter Leitung von Direktor Dr. Gernot Stockmann hat es sich zur Aufgabe gemacht, das Leben von Zwei- und Dreizehenfaultieren zu erforschen, ihren Lebensraum zu schützen und ihren weltweiten Bestand zu sichern. Faultiere sind heute vielfältigen Gefahren ausgesetzt. Durch die Abholzung der Regenwälder in Mittel- und Südamerika geht ihnen immer mehr Lebensraum verloren. Doch gemeinsam können wir etwas dagegen tun. Bleiben Sie nicht untätig und adoptieren Sie eines der niedlichen Tiere, die in der Faultierfarm von Costa Rica ein neues Zuhause gefunden haben.«

»Man kann ein Faultier adoptieren?«, wundert sich Zoe. »Wie soll denn das gehen?«

»Moment mal.« Henry dreht sich halb zu uns um. »Hatte Stockmann nicht behauptet, dass er Fred in Costa Rica von einem Baum runtergeholt hat?«

»Stimmt«, sage ich. »Und danach hat ihn Fred sofort in die Nase gekniffen. Bestimmt ist dieser Lügner gar nicht auf den Baum geklettert, sondern hat Fred bei dieser Faultierfarm abgeholt.«

»Und wie soll das jetzt mit der Adoption gehen?«, will Zoe wissen.

»Mann, Zoe, das ist doch jetzt nicht so wichtig«, seufzt Henry.

»Da steht's doch!« Zoe liest selbst weiter:

»Schon ab 20 Euro im Monat unterstützen Sie Ihren kleinen Zögling. Als Dank erhalten Sie eine persönliche Urkunde, ein eigenes Faultier für Zuhause (natürlich als Plüschtier), den beliebten Stockmann-Faultierkalender sowie einen halbjährlichen Bericht über das Leben und die Fortschritte Ihres ›Adoptivkinds‹.

Da kommt mir ein schrecklicher Gedanke: »Und wenn Stockmann Fred jetzt zurück nach Costa Rica bringt?«

»Glaub ich nie im Leben.« Zoe schüttelt den Kopf. »Er hat doch gesagt, dass er das mit Freds Sprache weiter erforschen will und dass Fred vielleicht weltberühmt wird. Stand da vorne nicht was von Forschungsstation? Klick mal zurück, Henry.«

Henry geht auf die vorige Seite und klickt das Wort *Forschungsstation* an.

Vor unseren Augen baut sich ein Foto auf, das mir einen kalten Schauer über den Rücken jagt.

Man sieht einen großen Stahlkäfig, der aussieht wie eine Gefängniszelle. Darin steht ein Baum mit ein paar Ästen dran. An einem dieser Äste hängt ein Faultier. Das Faultier hat drei Zehen und ein unverkennbares Bäuchlein. Ich könnte schwören, dass es Fred ist.

DER KÄFIG

Zu viert trotten wir über den warmen Asphalt. Zoe hat auf einer Karte nachgeguckt, wo dieses Institut ist, und meinte, das sehe gar nicht weit aus. Aber wir trotten echt schon eine ganze Weile – Henry, Zoe, Norbert und ich.

Als am Ende der Straße endlich das rote Backsteingebäude auftaucht, bin ich total nass geschwitzt und habe ehrlich gesagt keine Ahnung, was wir jetzt tun sollen.

Carl-von-Linné-Institut für angewandte Faultierforschung, steht in großen weißen Buchstaben an der Hauswand. Darunter ist eine doppelte Eingangstür, aber wir können doch nicht einfach in dieses Institut reinlatschen, uns zu Stockmann durchfragen und Fred zurückfordern, denke ich beklommen.

»Lass uns erst mal die Lage checken«, schlägt Henry vor, wofür ich ihm echt dankbar bin. Lage checken klingt doch gar nicht so schlecht.

Wir behalten eine Weile den Eingang im Auge. Niemand zu sehen. Kein Mensch weit und breit. Ob überhaupt jemand da ist? Henry hat Norbert an die Leine genommen und hält ihn dicht bei sich.

Hintereinander drücken wir uns an der Hauswand entlang und biegen vorsichtig um die Ecke. Aber die Fenster sind hier so hoch, dass wir keine Chance haben hinzuzugucken. Nicht mal, wenn wir uns auf die Zehenspitzen stellen.

Vor einer langen Fensterfront springt Zoe wie ein Flummi ein paarmal in die Höhe.

»Siehst du was?«, frage ich leise.

»Nur eine weiße Zimmerdecke«, keucht sie und wischt sich den Schweiß von der Stirn.

Norberts Rüssel schlängelt sich nach oben, als wäre da eine versteckte Kamera drin. Das bringt mich auf eine Idee.

»Halt Norbert gut fest, Henry. Dann steig ich auf seinen Rücken.« Ich weiß, dass Norbert das locker aushält. Und stillhalten kann er wie kein Zweiter.

Henry legt ihm beruhigend die Hand auf den Schädel, während ich einen Fuß auf seinen Rücken setze, mich hochstemme und den Vorsprung unter dem Fenster zu fassen kriege. Ganz langsam und mit zitternden Beinen ziehe ich mich daran hoch und schiebe meine Nase über der Unterkante der Scheibe.

Was ich sehe, lässt mir den Atem stocken.

An der gegenüberliegenden Wand zieht sich eine Reihe von Gitterstäben entlang. Dahinter sind ein paar abgetrennte Bereiche, die aussehen wie Gefängniszellen. In jeder Zelle steht ein kleiner Baum mit ein paar Ästen dran.

Und in der zweiten Zelle von rechts …

Fast hätte ich Freds Namen gerufen, kneife aber im letzten Moment die Lippen zusammen.

»Was ist?«, fragt Zoe ungeduldig. »Siehst du was?«

Meine Beine fangen vor Aufregung noch mehr an zu zittern. Ich klammere mich an den Mauervorsprung, als auf der linken Seite des Raumes eine Tür aufgeht. Der Mann, der ihn betritt, hat schwarze schulterlange Haare und trägt einen weißen Kittel.

Ich will sofort den Kopf einziehen, doch in diesem Moment trifft mich sein erstaunter Blick wie ein Blitz.

»Stockmann!«, krächze ich hektisch und springe von Norberts Rücken runter.

»Was?«, rufen Henry und Zoe wie aus einem Mund. Für ein paar Sekunden schauen wir uns hilflos an. Dann rennen wir los.

Nur Norbert macht nicht richtig mit, weil er sich wahrscheinlich wundert, dass er eben noch ruhig stehen sollte und plötzlich solche Hektik ausbricht.

»Komm schon«, ächzt Henry und zerrt ihn hinter sich her.

Zoe rudert panisch mit den Armen. »Jetzt mach doch!«

Ich hetze als Erster um die Ecke und sehe mich schon die Straße hinuntersprinten, als ich mit voller Wucht gegen einen weißen Kittel pralle.

»Sieh mal einer an!«, sagt Stockmann mit schneidender Stimme und hält mich an den Schultern fest. »Ihr seid einfach nicht abzuschütteln, oder?«

Mir rutscht das Herz in die Hose.

Dann fällt sein Blick auf Norbert, den Henry in diesem Moment um die Ecke zerrt. »Und euer Mammut habt ihr auch dabei, wie interessant. Das wäre ebenfalls ein vielversprechendes Forschungsobjekt. Vielleicht könnt ihr mir das gleich dalassen.«

»Das gehört mir«, sagt Henry mit wackliger Stimme und drückt Norbert an sich.

»Aber natürlich.« Stockmann lächelt ihn spöttisch an.

»Wie ich sehe, habt ihr Sehnsucht nach eurem Arturo, also eurem Fred. Aber das hättet ihr mir doch sagen können«, fügt er mit schleimiger Freundlichkeit hinzu. »Da müsst ihr doch nicht heimlich durchs Fenster gucken.«

Ich hole tief Luft. »Geht es ... geht es ihm denn gut?«

»Das ist eine interessante Frage. Also, ehrlich gesagt schläft er die ganze Zeit, seit er wieder in seinem Käfig ist. Die Zeit bei euch muss ihn wahnsinnig angestrengt haben.«

Stockmann denkt kurz nach.

»Kommt mal mit. Wir wollen ein kleines Experiment durchführen.« Er setzt sich mit langen Schritten in Bewegung und winkt uns hinter sich her. »Na kommt schon, nur keine Angst.«

Wir eilen hinter ihm her und halten uns dicht beieinander. Ehrlich gesagt bin ich sehr froh, dass wir Norbert dabeihaben.

Gemeinsam durchqueren wir die Eingangshalle und gehen einen langen Flur entlang, an dessen Ende Stockmann eine Tür öffnet. Der Raum dahinter ist etwa halb so groß wie unser Klassenzimmer.

»Hier ist Arturo zu Hause«, erklärt Stockmann mit Stolz in der Stimme.

»Was?«, platzt es aus mir heraus. »In diesem Käfig da?«

»Kein Grund zur Sorge, Junge.« Er macht eine weit ausholende Geste. »In diesem Raum ist es sonnig und hell und ein Baum pro Faultier reicht völlig aus.«

Ich weiß nicht, was ich sagen soll. Neben mir stößt Zoe grummelige Geräusche aus. Wahrscheinlich steht ihr innerer Vulkan kurz vor dem Ausbruch. Ich mache eine verzweifelte Handbewegung in ihre Richtung, dass sie sich bitte beherrschen soll.

Und es gibt noch etwas, das ich nicht sage, sondern nur denke: *Nie im Leben werde ich dich hier zurücklassen, Fred. Das verspreche ich dir. Zur Not hauen wir einfach ab und verstecken uns irgendwo.*

Stockmann öffnet schweigend die Tür zu Freds Käfig und dreht sich zu mir herum. »Versuch du mal, ob du ihn wach bekommst.«

Ich gehe auf Fred zu und muss meinen Drang beherrschen, ihn nicht sofort von seinem Ast zu nehmen und in meine Arme zu schließen.

»Fred, wach auf«, sage ich leise. »Ich bin's, Finn.«

Dann flüstere ich leise in sein Ohr: »Alles wird wieder gut.«

Fred klappt ein Auge auf und sieht mich prüfend an. Sein Blick fängt an zu glitzern, denn natürlich erkennt er mich sofort.

Langsam schwenkt er seinen Arm zur Seite und lässt sich auf meine Hüften gleiten, wie er das so oft getan hat, wenn ich ihn von der Vorhangstange genommen habe.

Ich drücke ihn glücklich an mich.

»Das ist höchst erstaunlich.« Stockmann streicht sich nachdenklich über sein Kinn.

»Kommt mit in mein Büro!«, kommandiert er plötzlich. »Also du und Arturo. Ihr drei«, er zeigt auf Henry, Norbert und Zoe, »ihr könnt solange draußen warten. Ich will eurem Freund nur ein paar Fragen stellen.«

Kurz darauf hat er hinter seinem riesigen Schreibtisch Platz genommen und ich sitze ihm gegenüber und betrachte das gemalte Porträt des traurig dreinblickenden Mannes mit weißer Perücke, das ich schon im Internet gesehen habe.

Fred wird plötzlich so unruhig, dass ich ihn auf dem Schreibtisch absetzen muss. Jetzt hockt er genau zwischen Stockmann und mir und pfeift leise vor sich hin.

»Du fragst dich wahrscheinlich, wer der Mann mit der Perücke ist, richtig?«

Ich nicke stumm.

»Das ist der Namensgeber unseres Instituts, der große schwedische Naturforscher Carl von Linné, von dem du bestimmt schon gehört hast.«

»Ja, ich glaube, ich hab da mal …«, murmle ich unsicher und spüre, wie mir ein Schweißtropfen den Rücken runterläuft.« Das ist aber auch warm hier.

Stockmann steht auf und öffnet ein Fenster, ehe er wieder Platz nimmt.

»Der Schwede Carl von Linné war einer der bedeutendsten Naturwissenschaftler der Neuzeit.« Stockmann beugt sich mir vertraulich entgegen. »Ich hänge das eigentlich nicht an die große Glocke, aber die Linnés und die Stockmanns sind eng miteinander verwandt.«

»Ehrlich? Das ist ja ... beeindruckend.«

Plötzlich fährt Fred seinen Arm aus und kneift Stockmann in die Nase. »Aua! Arturo, was soll denn das?« Stockmann wirft Fred einen bösen und ich einen erstaunten Blick zu. Das war jetzt schon das dritte Mal, dass er jemand in die Nase gezwickt hat, denke ich, und jedes Mal ...

Doch Stockmann reißt mich aus meinen Gedanken. »Wie lange hat Fred bei dir zu Hause geschlafen? Ich meine jetzt nicht, in der Nacht, sondern tagsüber.«

Ich muss kurz nachdenken. »Also, vor drei Tagen vielleicht zwei bis drei Stunden, vorgestern ungefähr eine halbe Stunde und gestern ... gestern sind Sie ja gekommen ...«

»Und dieses Nachsprechen von Wörtern, das macht er ganz von allein?«

»Ganz von allein«, bestätige ich wahrheitsgetreu. »Uns hat das am Anfang auch total überrascht, aber Fred scheint da richtig Spaß dran zu haben. Manchmal in meinem Zimmer, da hat er geplappert wie ein Wasserfall.«

Okay, das ist jetzt vielleicht ein klein bisschen übertrieben.

»Wasser...fall«, wiederholt Fred mit seiner Geisterstimme.

Stockmann schnappt sich Fred blitzschnell vom Tisch, hält ihn vor sich in die Luft und schaut ihn mit glitzernden Augen an. »Diese Nachbildung von Lauten ist ein einzigartiges Phänomen, das Arturo zum berühmtesten Faultier der Welt machen könnte – und mich zum berühmtesten Forscher! Ich werde zu diesem Thema demnächst einen Vortrag vor der französischen Akademie der Wissenschaften halten, wo ich Ehrenmitglied ... autsch! Ja, lässt du das sein!«

Stockmann gibt Fred einen Schlag auf den Hinterkopf.

»Nein!«, rufe ich spontan, doch Fred hat sich schon mit einem Krallenhieb revanchiert. Drei blutige Striemen ziehen sich quer über Stockmanns rechte Wange. Stockmann fährt sich mit der flachen Hand über die verletzte Stelle und betrachtet schockiert seine roten Finger.

Wutentbrannt holt er mit der blutigen Hand aus und will Fred erneut schlagen.

Ich springe auf und falle ihm in den Arm. »Lassen Sie ihn los!«

Stockmann prallt rückwärts gegen die Wand und lässt Fred auf die Fensterbank fallen. »Komm her, du kleines Mistvieh!«, knurrt er und im ersten Moment weiß ich nicht, ob er mich oder Fred meint. Doch während er mich mit einer Hand zur Seite schubst, ist Fred schon aus dem Fenster geklettert und sitzt jetzt ungefähr einen Meter entfernt auf dem Ast eines Baumes.

»Komm her, mein kleiner Arturo«, flötet Stockmann. »Ich hab's nicht so gemeint. Lass uns wieder Freunde sein.«

»Niemals«, antwortet Fred mit seiner Geisterstimme.

Ich werfe Fred einen verzweifelten Blick zu. In diesem Moment weiß ich, dass alles verloren ist. Das Gespräch hat sich in einen Albtraum verwandelt und es ist nur noch eine Frage der Zeit, bis

Stockmann Fred einfängt und ihn für immer bei sich behält.

»Jau!«

Das Jau geht mir durch Mark und Bein, denn es kommt nicht von Fred. Ich laufe ans Fenster, dränge Stockmann zur Seite und gucke nach unten. Und tatsächlich steht dort Norbert unter dem Baum und guckt zu Fred hoch. »Jaaauuuuuuu!« Von Zoe und Henry sehe ich nichts.

»Kommst du jetzt rein!«, schreit Stockmann, lehnt sich weit aus dem Fenster und versucht, Freds Bein zu packen. Aber der ist schon auf dem Weg nach unten, hangelt sich mühelos von Ast zu Ast und bleibt etwa einen Meter über Norbert sitzen. Der stellt sich direkt unter ihn und natürlich weiß ich, was jetzt kommt.

Fred stößt ein ohrenbetäubendes Pfeifen aus, seinen Dschungelkönigpfiff, und lässt sich auf Norberts Rücken fallen. Mit einem gemeinsamen »Jau!« wirft Norbert seinen stämmigen Körper herum und prescht davon.

Ich habe hier nichts mehr verloren, denke ich, stürme aus dem Zimmer und springe die Stufen hinunter.

Stockmanns Stimme trifft mich wie ein Messer

im Rücken. »Dafür werde ich dich zur Verantwortung ziehen, Junge! Du wirst Arturo nie bekommen!«, ruft er höhnisch hinter mir her. »Nie! Nie! Nie!«

LÜGEN HABEN ROTE NASEN

»Norbert muss gespürt haben, dass Fred in Gefahr ist«, jammert Henry, »denn plötzlich ist er einfach losgelaufen.«

»Und wo sind sie jetzt?«, frage ich und blicke mich auf der Straße atemlos um.

»Keine Ahnung.« Zoe breitet hilflos die Arme aus. »Wir sind einmal um das ganze Gebäude herumgerannt, aber Norbert hat wahrscheinlich gleich den Innenhof des Instituts gefunden, und als wir da ankamen, waren die beiden spurlos verschwunden.«

»Sie können ja nicht weit sein. Wenn wir sie hier nicht finden, sind sie zu uns nach Hause gelaufen«, beruhigt uns Henry. »Norbert findet bestimmt alleine zurück.«

Mein erhitzter Kopf kühlt erst langsam wieder ab. »Das Gespräch lief eigentlich super«, berichte ich, »aber plötzlich hat Fred ihn in die Nase gekniffen, nicht ein-, sondern zweimal, und dann ist Stockmann total ausgeflippt.«

»In die Nase gekniffen?« Henry wirft mir einen komischen Blick zu. »Hat Fred das einfach so gemacht oder hat Stockmann vorher was Bestimmtes gesagt?«

»Warte mal.« Ich muss kurz überlegen. »Beim ersten Mal hat Stockmann gesagt, dass er mit diesem berühmten Forscher aus Schweden verwandt ist, nach dem sie das Institut benannt haben.«

Henry nickt mit offenem Mund.

»Und beim zweiten Mal meinte er, dass er einen Vortrag an irgendeiner französischen Akademie halten will, wo er Ehrenmitglied ist.«

»Und wisst ihr noch, bei uns im Garten?«, ruft Zoe aufgeregt. »Da hat er behauptet …«

» … dass er persönlich auf einen Mammutbaum geklettert ist und Fred da runtergeholt hat«, ergänzt Henry. »Ich glaube, ich muss euch was sagen.«

Wir bleiben stehen und schauen ihn fragend an.

»Also, ich weiß nicht, ob ihr euch daran erinnert, aber am ersten Tag mit Fred, nachdem er sich bei dir festgeklammert hat, Finn, da musste ich ja schnell nach Hause.«

»Wegen der Reisegruppe aus Amerika«, erinnert sich Zoe.

»Ehrlich gesagt kam die gar nicht aus Amerika«, sagt Henry kleinlaut.

»Du hast uns angelogen?«, frage ich empört.

»Nicht direkt, nur ein bisschen übertrieben. Also, eigentlich war es auch keine richtige Reisegruppe, sondern nur so ein Rentnerpaar aus unserer Nachbarschaft. Die wollten sich Norbert schon lange mal angucken.«

»Aber dann heißt das … dann heißt das ja, dass Fred merkt, wenn jemand lügt oder wahnsinnig übertreibt.« Zoe ist total aus dem Häuschen. »Und wenn er das merkt, dann kneift er dem Lügner in die Nase.«

Ich denke fieberhaft darüber nach, ob ich Fred schon mal angeschwindelt habe, aber anscheinend ist das nicht der Fall, denn gekniffen hat er mich noch nie. »Dann stimmt es also doch, dass er die Wörter versteht, die er sagt. Ich hatte schon öfter so ein Gefühl …«

»Glaub ich nicht«, widerspricht Henry. »Das hat bestimmt mit dem Ton in der Stimme zu tun oder so. Norbert, der merkt auch, wenn ich was zu ihm sage, das nicht hundertprozentig stimmt.«

Zoe schaut ihn skeptisch an. »Also, wenn Fred hier wäre, würde er dich jetzt bestimmt wieder in die Nase kneifen.«

»Schön möglich«, gibt Henry mit schiefem Grinsen zu. »Zu Hause können wir das ja gleich mal testen.«

»Außerdem müssen wir uns ein gutes Versteck für Fred überlegen«, sage ich. »Dieser Stockmann darf ihn nie wieder in die Hände kriegen. Der hat ihn geschlagen«, füge ich mit Verachtung hinzu. »Man schlägt keine Faultiere. Und man sperrt sie auch nicht in Käfige ein.«

Für ein paar Sekunden schauen wir uns gegenseitig an. Keiner von uns sagt ein Wort, doch unsere Blicke sind wie ein Versprechen. Dann laufen wir los.

DER FREIHEITSPFIFF

Als wir in die Straße einbiegen, in der Henry wohnt, fangen wir sofort an zu rufen: »Norbert! Fred! Wo seid ihr?«

Natürlich rechnen wir nicht mit einer Antwort, sondern spurten bis zur Haustür und drücken auf die Klingel.

Henrys Eltern sind nicht da. Wir durchkämmen den Vorgarten und schauen unter jeden Busch, ob dort vielleicht ein Mammut liegt.

Spähen hoch in die Bäume und suchen alle Äste nach einem Faultier ab.

Drücken das angelehnte Tor zum Garten auf und überprüfen die Sträucher und Blumenbeete.

Laufen auf die Terrasse und gucken in den Kamin, vor dem wir Norbert damals aufgetaut haben.

Halten die Luft an und horchen mit gespitzten Ohren, ob irgendwo ein verräterisches Geräusch zu hören ist – ein Jau, ein leises Grunzen oder Schnaufen, ein melodisches Pfeifen, ein geflüstertes Papperlapapp.

Nichts dergleichen.

»Vielleicht im Wald, wo der Blätterhaufen war«, schlägt Henry vor.

Mehr braucht er nicht zu sagen. Schon sind wir wieder unterwegs, hasten über das blaue Kopfsteinpflaster und stehen wenig später keuchend an der Stelle im Wald, wo Norbert damals in seinem frostigen Blätter- und Schneehaufen vor sich hin gedöst hat. Aber von Blättern und Schnee ist nichts mehr zu sehen.

Von unseren beiden Ausreißern auch nicht.

Ratlos schauen wir uns um. Zoe knabbert an ihren Haaren und Henry beißt sich auf die Lippen.

Keiner von uns sagt ein Wort, doch vermutlich quälen uns alle dieselben Fragen:

Was passiert, wenn Stockmann die beiden vor uns findet?

Und was ist, wenn Fred und Norbert verschwunden bleiben?

Da geht mir plötzlich ein Satz durch den Sinn. Es ist ein Satz, den ich erst vor wenigen Tagen gehört habe: *Tiere wissen meiner Erfahrung nach sehr genau, wer es gut mit ihnen meint und wem sie vertrauen können.*

»Natürlich!«, rufe ich aus und schlage mir gegen die Stirn. »Warum haben wir daran nicht gleich gedacht?«

***

Unter einem riesigen hellblauen Himmel, der mir unendlich weit weg erscheint, sausen wir dahin. Ich sitze auf meinem quietschenden Fahrrad, Henry und Zoe rattern rechts und links neben mir her.

»Meinst du echt, dass Norbert ganz allein zu Otto finden kann?«, fragt Henry.

»Du warst doch auch sicher, dass er zu dir nach

Hause findet«, antworte ich, um mir selbst Mut zu machen.

»Aber Norbert saß im Anhänger, als Otto ihn entführt hat.«

»Schon, aber er konnte doch rausgucken. Und ich glaube, dass Norbert trotzdem von Anfang an gemerkt hat, dass Otto es gut mit ihm meint.«

Otto hatte sich Norbert damals ja nur unter den Nagel gerissen, weil er ihn retten wollte. Weil er wusste, dass Norbert todkrank war, und dachte, wir kriegen es nicht auf die Reihe, ihn wieder gesund zu machen. Stimmte ja auch ein bisschen, weil wir bis dahin wirklich keine Ahnung hatten, was Norbert fehlte.

Wir rumpeln über die ungemähte Wiese und strampeln quer über das verlassene Fabrikgelände mit den knallbunten Graffiti, bis wir am Waldrand Ottos Behausung erblicken, die aussieht wie eine verfallene alte Scheune. Ottos Schrottrad mit den platten Reifen lehnt an der morschen Bretterwand.

Wir springen von unseren Rädern, lassen sie auf der Erde liegen und stürmen zum Eingang. Ein bisschen schlechtes Gewissen habe ich schon, weil wir Otto seit damals kein einziges Mal besucht haben.

Ich klopfe und rufe leise: »Otto?«

Nichts passiert.

»Otto, bist du da?«, ruft Zoe und donnert mit der Faust gegen die Tür.

Keine Reaktion.

Wir laufen zum Fenster und pressen unsere Gesichter gegen die schmutzige Scheibe.

»Könnt ihr was erkennen?«, raunt Henry.

In diesem Moment schiebt sich Ottos runder Glatzkopf direkt hinter dem Fenster nach oben, als würde dort ein großer bleicher Mond aufgehen. Ich zucke zusammen. Otto grinst und drückt seine Nase gegen die Scheibe.

Zwei Sekunden später fliegt die Tür auf und Ottos Kugelkopf erscheint im niedrigen Türrahmen. Er trägt eine fleckige blaue Latzhose und tut ein bisschen beleidigt, doch man merkt ihm an, wie sehr er sich über unseren Besuch freut.

»Dachte, ihr habt vergessen, wo Otto wohnt«, grummelt er.

»Natürlich nicht«, versichere ich rasch, »aber sag mal, hast du zufällig Norbert gesehen?«

»Norbert?« Otto schüttelt heftig den Kopf und guckt an mir vorbei. »Hab nix gesehen.«

Otto ist der schlechteste Schauspieler der Welt.

»Komm schon, Otto, es ist wichtig.«

Ein verschmitztes Lächeln huscht über sein Gesicht. »Da drüben!«

Er stapft zum schiefen Holzschuppen und zieht die quietschende Tür auf. »Ta-taa!«

Norbert trottet ins Freie und Henry fällt ihm sofort um den Hals.

Zoe wirft Otto einen leicht genervten Blick zu. »Und hatte Norbert nicht zufällig noch ein anderes Tier dabei?«

Otto kneift die Lippen zusammen.

»Mann, Otto, jetzt mach's doch nicht so spannend!«, ruft sie.

»Guckt mal da oben.« Otto streckt seinen Arm in die Luft.

Wir legen die Köpfe in den Nacken und spähen in die Baumkronen.

»Wo denn?«

Otto gluckst leise. »Falsche Seite.«

Wir fahren herum – und tatsächlich sehe ich hoch über unseren Köpfen, umgeben von einem Dschungel grüner Blätter, eine rundliche Gestalt sitzen. Auf den ersten Blick könnte es auch nur ein knubbeliger Ast sein.

Ich forme meine Hände zu einem Trichter. »Fred!«, rufe ich zu ihm hinauf. »Ich bin's, Finn!«

Ein gellender Pfiff ist die Antwort und in diesem Moment weiß ich, dass es sein Freiheitspfiff ist.

Ich kneife die Augen zusammen und denke fieberhaft nach. Ein helles Gefühl der Hoffnung breitet sich in meiner Brust aus, aber da ist auch eine bohrende Traurigkeit. Eine klitzekleine Träne löst sich aus meinem Augenwinkel. Normalerweise würde ich sie sofort wegwischen, doch aus irgendeinem Grund lasse ich sie über meine Wange rollen. Besser, Fred ist frei, denke ich, als dass er sein Leben in einer von Stockmanns Gefängniszellen verbringen muss. Ich muss jetzt daran denken, was das Beste für ihn ist. Das bin ich ihm einfach schuldig.

Ich schließe die Augen und lasse ein paar Bilder an mir vorbeiziehen: Fred an meiner Vorhangstange. Fred beim Schokopopsessen. Fred auf Norberts Rücken. Fred, wie er Stockmann das Gesicht zerkratzt.

Ich weiß nicht, wie lange ich so dastehe, hin- und hergerissen zwischen der Sehnsucht nach Fred und dem Willen, ihm seine Freiheit zurückzugeben.

Da tippt mir Zoe auf die Schulter. »Finn, guck mal.«

Als ich blinzelnd die Augen öffne, sehe ich, dass Fred aus der Krone des Baumes heruntergeklettert ist und fast schon den untersten der breiten Äste erreicht hat. Wir laufen ihm entgegen. Norbert stellt sich direkt unter ihn, doch dieses Mal springt Fred nicht auf seinen Rücken, sondern lässt sich von mir herunternehmen.

Ich drücke ihn an mich. Patsch, patsch, patsch, patsch, schließen sich seine vier Krallen um meinen Rücken und meine Hüften. Er raunt »Danke … Schatz«, ehe er seinen Kopf an meine Brust legt.

»Es ist deine Entscheidung«, flüstere ich dort in sein Fell, wo sein Ohr sein muss. »Ich wollte dich schon oben im Baum lassen. Aber ich bin so froh, dass du wieder da bist.«

* * *

Otto war etwas traurig, dass wir nicht länger geblieben sind, aber wir haben ihm hoch und heilig versprochen, ihn bald wieder zu besuchen.

Auf dem Rückweg sprechen wir kaum ein Wort miteinander. Eigentlich müssten wir ja überglücklich sein, unsere beiden Ausreißer wiedergefunden zu haben, doch schon stehen wir vor dem nächsten Problem: Wo finden wir jetzt schnell ein Versteck für Fred?

Außerdem muss ich von meinen Eltern endlich

wissen, ob Fred mit nach Sizilien darf, sonst müssen wir ihn noch länger verstecken. Aber wo?

Bei Henry kann er nicht bleiben, das würden seine Eltern niemals mitmachen. Außerdem fährt er bald selber in Urlaub. Bei Zoe ist viel zu wenig Platz. Vielleicht bei der Granny, denke ich, aber die hat keinen Garten, und Fred braucht doch zumindest ab und zu ein bisschen Freiheit auf echten Bäumen.

Je länger ich darüber nachdenke, desto mehr glaube ich, dass Mia die einzige Lösung ist. Die kann Fred erst mal in ihrem Zimmer verstecken und in Urlaub fahren will sie auch nicht, jedenfalls nicht ohne ihren geliebten Marcel.

Wenn Stockmann bei uns auftaucht, dann setze ich einfach meinen traurigen Hundeblick auf und erzähle ihm, dass sein lieber Arturo immer noch verschwunden ist.

Ja, so muss es gehen, denke ich, während ich von Weitem schon unser Haus …

»Hab ich mir's doch gedacht!«

Der Schreck zuckt wie ein Stromschlag durch mich hindurch.

Stockmann ist hinter einer Mülltonne hervorgesprungen und wirft mir einen triumphierenden Blick zu. Auf seiner rechten Wange klebt ein großes Pflaster.

Sofort schnappe ich mir Fred von Norberts Rücken und drücke ihn an mich.

»Das Spiel ist aus!«, knurrt Stockmann. »Ihr habt mir lange genug auf der Nase herumgetanzt.«

Norbert gibt ein bedrohliches Grummeln von sich, doch Stockmann achtet gar nicht auf ihn.

»Her mit ihm!« Er streckt seine Arme nach Fred aus.

Ich werfe Henry und Zoe einen hilflosen Blick zu, aber die starren nur hilflos zurück. Fred hat einfach die Augen zugeklappt und tut so, als sei er plötzlich eingeschlafen.

Ach, wäre er doch nur oben auf dem Baum geblieben – in Freiheit. Wäre er ein Hund, dann könnte ich ihn jetzt auf die Straße setzen und rufen: *Lauf, Fred, lauf!* Und Fred kann zwar laufen, aber so schnell ist er dann doch nicht.

»Wird's bald!«

Stockmanns hassverzerrtes Gesicht ist direkt vor mir. Ein ekliger Sabberfaden hängt ihm aus dem Mundwinkel.

Mein ganzer Körper fängt an zu zittern, aber

dann denke ich daran, was ich Fred versprochen habe.

Nie im Leben werde ich dich bei Stockmann zurücklassen.

»Nein!«, schreie ich ihm entgegen. »Sie wollen Fred nur ausnutzen, damit Sie selbst berühmt werden!«

»Das geht dich einen Scheißdreck an!«, faucht Stockmann zurück. »Gib ihn jetzt her, du kleine Kröte!«

Wutentbrannt hebt er die Hand, als wolle er mich schlagen, als ein Cabrio mit quietschenden Reifen um die Ecke biegt, eine Vollbremsung macht und nur wenige Meter von uns entfernt am Bordstein anhält. Marcel und Mia springen heraus und eilen auf uns zu.

»Was wollen Sie?«, blafft Stockmann die beiden an.

»Machen Sie jetzt keinen Fehler!«, sagt Marcel eindringlich.

Stockmann hebt beschwichtigend die Hände. »Kein Grund zur Aufregung«, erwidert er mit gespielter Freundlichkeit. »Ich wollte dem Jungen nichts tun. Das ist hier ein Gespräch unter Freunden.«

»Pah!« Mia stellt sich schützend vor mich. »Das ist mein Bruder und wer sind Sie?«

Stockmanns Stimme klingt plötzlich sehr förmlich: »Mein Name ist Dr. Gernot Stockmann, meines Zeichens Faultierforscher am Carl-von-Linné-Institut, und es tut mir leid, Ihnen mitteilen zu müssen, dass Ihr Bruder unser Institut bestohlen hat.«

»Dann sind Sie ja genau der Mann, den wir suchen«, erwidert Marcel lässig.

»Hä?« Stockmanns Gesicht ist ein einziges Fragezeichen.

»Mein Name ist Marcel Weisgerber, meines Zeichens Filmproduzent bei den Bavaria Filmstudios, und ich freue mich, Ihnen mitteilen zu können, dass wir gerne mit Ihnen zusammenarbeiten würden.«

Mit diesen Worten zieht er eine Visitenkarte aus der Tasche und drückt sie Stockmann in die Hand.

Stockmann starrt die Karte verständnislos an. »Aber ... wie ...?«

»Das erkläre ich Ihnen gerne«, antwortet Marcel freundlich. »Wir haben einen internationalen Spielfilm geplant, der schon nächstes Jahr in die Kinos kommt. Es geht darin um drei Kinder und ein Faultier.«

»Drei Kinder und ein Faultier?«

Stockmann macht große Augen und auch ich kann nicht glauben, was ich da gerade gehört habe.

»Ich bin ja schon in den Genuss gekommen, Fred persönlich kennenzulernen«, fährt Marcel begeistert fort, »und ich habe sofort gewusst, dass er für unseren Film wie geschaffen ist. Die drei anderen Hauptdarsteller stehen direkt vor Ihnen.«

Ich gucke mich um, ob da noch jemand ist, aber hier stehen nur Zoe, Henry und ich.

»Kommt überhaupt nicht infrage!«, ruft Stockmann, der seinen Schock offenbar überwunden hat.

Marcel hebt eine Hand. »Vielleicht hören Sie sich erst mal mein Angebot an. Wir brauchen bei den Tierszenen unbedingt einen wissenschaftlichen Berater und haben da natürlich gleich an Sie gedacht.«

Stockmann lacht höhnisch auf. »Vergessen Sie's!«

»Im Übrigen hat uns die Filmförderung schon eine große Finanzierungssumme zugesagt, sodass wir in der Lage sind, Ihnen ein angemessenes Honorar anzubieten.«

»Ein Honorar?« Stockmann wird hellhörig.

»Nun, wir haben da an fünfzigtausend Euro gedacht«, erklärt Marcel so bescheiden, als hätte er Stockmann fünf Euro Taschengeld angeboten.

»Fünfzigtausend?« Das scheint der nächste Schock für Stockmann zu sein, doch diesmal ist es ein freudiger. Seine Gesichtszüge entspannen sich, seine Augen fangen regelrecht an zu glitzern.

»Wir müssen Ihr Institut ja irgendwie dafür entschädigen, dass Fred nicht mehr bei Ihnen ist.«

»Nicht mehr ...?«

»Denn natürlich ist es erforderlich, dass Fred so viel Zeit wie möglich mit den Hauptdarstellern verbringt, also, von heute an. Die Dreharbeiten sollen ja schon bald beginnen.« Er legt Stockmann vertraulich eine Hand auf die Schulter. »Glauben Sie mir, ich habe meine Erfahrung mit Tierfilmen.«

»Tja, wenn das so ist.« Stockmann lächelt mich schief an und breitet entschuldigend die Arme aus. »Nichts für ungut, Finn ... und Arturo wird es ja wirklich gut haben bei euch.«

Mieser Heuchler.

Er streckt unsicher die Hand aus und tätschelt Fred leicht die Schulter. »Also, mach's gut, Arturo, äh, Fred. Wir sehen uns dann ja bei den Dreharbeiten.«

Fred würdigt ihn keines Blickes. Erst als Stockmann um die Ecke verschwunden ist, klappt er ein Auge auf und linst zu mir nach oben.

Dieser Schlawiner.

EIN GROSSARTIGER ANFANG

»Und ihr sollt alle in einem richtigen Film mitspielen?«, wundert sich die Granny.

»Ja, mit echten Schauspielern zusammen«, bestätigt Zoe aufgeregt. »Norbert und Fred sollen auch mitmachen … also, Fred spielt ja eigentlich die Hauptrolle.«

Die Granny lacht wieder ihr gurgelndes Lachen.

Wir sind alle total aus dem Häuschen und brabbeln durcheinander.

»Das hätte ich Marcel echt nicht zugetraut«, sage ich kopfschüttelnd.

»Hat er bestimmt nur gemacht, um Mia zu imponieren«, meint Henry.

»Hach, muss Liebe schön sein«, seufzt Zoe.

»Ich glaube echt, dass er uns helfen wollte«, sage ich. »Also, uns allen. Fred kannte er ja schon und war total begeistert von ihm.«

»Fred hat nämlich noch eine tolle Eigenschaft, Granny, davon haben wir dir noch gar nichts erzählt«, sagt Henry begeistert.

»Ach, und die wäre?«, fragt seine Oma neugierig.

»Dass Fred spürt, wenn jemand lügt«, erklärt Zoe.

»Und wenn jemand lügt, dann kneift er dem Lügner in die Nase«, ergänze ich.

Die Granny sieht uns skeptisch an. »Wollt ihr mich möglichweise an der Nase herumführen?«

»Nein, nein, Granny, ganz bestimmt nicht«, versichert Henry. »Wir wollen nur noch testen, ob er die Wörter wirklich versteht oder ob er das mit den Lügen nur so im Gefühl hat.«

»Na, da bin ich ja mal gespannt.«

Henry geht vor dem Korbsessel, auf dem es sich

Fred bequem gemacht hat, in die Hocke. Fred pfeift leise vor sich hin und kratzt sich unter der Achsel. Zoe und ich knien uns neben Henry und Norbert und die Granny schaut über unsere Köpfe hinweg.

»Ich versuch's mal mit einer falschen Matheaufgabe«, flüstert uns Henry zu. »Also, Fred, pass auf.« Er schüttelt ihn ein bisschen, um sich Freds Aufmerksamkeit zu sichern. »Zwei plus zwei ist fünf.«

Fred spitzt den Mund, als würde er nachdenken, zeigt aber sonst keine Reaktion.

»Bist du auch sicher, dass das falsch ist?«, fragt Zoe.

Henry streckt ihr die Zunge raus.

»Jetzt sag mal was mit deiner Angeberstimme«, schlage ich vor.

»Gut, okay …« Henry räuspert sich. »Wartet mal … weißt du was, Fred …« Seine Stimme wird laut und wichtigtuerisch. »Seit meine Eltern im Lotto gewonnen haben, kriege ich jede Woche, äh … *tausend* Euro Taschengeld!«

Fred hört auf, sich unter der Achsel zu kratzen, und …

»Autsch!«, schreit Henry. »Mann, das tut echt

weh.« Er reibt sich die Nase und guckt mich böse an. »Warum lässt du dich eigentlich nicht selber kneifen?«

»Och«, antworte ich grinsend. »Irgendwie ist deine Nase dafür besser geeignet.«

Wirklich unglaublich, was ein Faultier so alles im Gefühl hat, denke ich. Und obwohl ich kein Faultier bin, habe ich das Gefühl, dass mir in den nächsten Wochen und Monaten die schönste Zeit meines Lebens bevorsteht.

Meine Eltern haben bei der Fluggesellschaft eine Genehmigung eingeholt, dass Fred mit nach Sizilien fliegen darf. Da kann sich Leon schon mal auf fliegende Kokosnüsse gefasst machen.

Und wenn wir wieder zu Hause sind, dann kann ich mich zusammen mit Fred in aller Ruhe auf die Dreharbeiten vorbereiten, ohne Angst haben zu müssen, dass ihn mir jemand wegnimmt.

»Und weiß du was«, sage ich zur Granny. »Marcel hat uns erzählt, dass die erste Szene des Films schon feststeht.«

»Ach wirklich?«

»Ja, drei Kinder sitzen in der Küche und spielen Scrabble. Und plötzlich kommt ein Faultier zum Fenster rein.«

»Was für eine originelle Idee.« Die Granny lacht wieder ihr gurgelndes Lachen. »Wie er da nur draufgekommen ist?«

»Und das Faultier«, erzählt Zoe weiter, »das schaukelt an der Hängelampe, reißt sie ab und fliegt mit ihr durch die Küche.«

»Nein!«, ruft die Granny überrascht.

»Doch!«, ruft Henry. »Das Tier landet auf der heißen Herdplatte, verbrennt sich die Füße und kühlt sie schließlich im Abwaschwasser der Spüle.«

»Aber erst, nachdem es beim Scrabblespielen seinen Namen gelegt hat«, ergänze ich.

Die Granny ist total von den Socken. »Das ist wirklich der tollste Filmanfang, von dem ich je gehört habe.«

»Ja, das wird echt der Knaller«, gebe ich ihr recht. »Meinst du nicht auch, Fred?«

Wir schauen alle zu Fred rüber, der sich auf dem Korbsessel der Länge nach hingefläzt hat.

Er wirft uns einen funkelnden Blick zu, dann antwortet er mit seiner Geisterstimme:

»Hundert...pro...zentig.«